三世代探偵団

春風にめざめて

赤川次郎

角川文庫
24313

目次

プロローグ	レッドカーペット	7
1	祭りの後	17
2	選択	31
3	秘めた夜	45
4	泡の夢路	60
5	網の中	72
6	検討	86
7	行き止り	102
8	叫び	114
9		130

プロローグ

当てにするのが無理だったかもしれない。

それは分っていた。分っていたけれども……。

でも、頼れるのは、そのひと言しかなかったのだ。誰だって——教師なら誰だって生徒を送り出すときに言うだろう。

「何か困ったことがあったら、いつでも相談に来いよ」

というひと言。

それだけを頼りに、遠い町から列車を乗り継いで、八時間もかけて東京へ出て来るなんて、無茶なことだ。

「でも……仕方ないよね」

と、駅のホームに降り立って、矢《や》ノ内香《うちかおり》は自分に言い聞かせるように呟《つぶや》いた。

手にしたボストンバッグは、結構重かったが、別に金目の物が入っているわけではない。

「ああ……」

駅の改札口を出ると、猛烈にお腹が空《なかす》いて来た。考えてみれば、昨夜少し遅めに夕食をとってから、ずっと何も食べていない。

午後の五時になろうとしていた。——何か食べないと、動けない。

駅前には、幸いTVのCMなどで良く見るカレー専門店とかラーメン屋とかが並んでいる。十八歳の胃袋は、その看板を見ただけで大きな音をたてた。悲鳴を上げていたのかもしれない。

値段と、お腹の持ち具合を考えて、散々迷ってから、ともかく「ご飯が欲しい」と思って、カレー専門店に入った。

びっくりするくらい早く出て来て、香は感激した。

何だかこの先、うまく行きそうな気がしたのである。カレーもおいしかった。

それでも、一緒に店に入っていた、サラリーマンらしい男の人の食べるのが早いことには驚いた。これが東京のスピードなのかしら?

食べ終って外に出ると、どこか生温《なまぬる》い風が吹いて来て、

「ああ、春だな」

と思った。

旅立ちの季節。——矢ノ内香も例外ではなかった。しかし、旅立って広い世間へ出ても、行くべき場所はない。

たった一つ、ポケットに入った、二つに折ったハガキの住所以外には……。

その駅から、十分くらい歩くと着くはずだった。香は不安な思いに封をして、ともかくどの道を行けばいいのか、駅前に立って見渡した。

駅前に、この周辺の地図があった。——香はハガキの住所を何度も見直しながら、必死で地図の中にその住所を探した。

「——これだ」

そう詳しく出ているわけではなかったが、およその所は見当がついた。

「あの道を行って……三つめの角を右……」

口に出して何度もくり返した。

でも、もう行かないと。暗くなり始めている。

香は、思い切って、目指す道へと歩き始めた。

——宮里修《みやざとおさむ》。

矢ノ内香が頼りにしていた教師は、そういう名前だった。

香が高校二年生になるとき、宮里は東京の私立高校の教師になるために、町を出て行った。香は宮里に可愛がられていた。

今どき珍しい「文学少女」だった香にとって、宮里は「本のガイド」として、香を導いてくれる人だったのだ。

それから二年。——香は何度か宮里に手紙を出したが、返事は今ポケットに入っているハガキ一枚しか来なかった。

……。

〈新しい学校で、とても忙しい〉

というひと言が、香を納得させていた。

忙しくて、返事出すどころじゃないんだ……。

そう自分に言い聞かせて、香はともかく二、三か月に一度、手紙を出し続けていた。

東京へ行きます、とは知らせなかった。

やめておけ、と言われるのが怖かった。ともかく行ってしまおう。会えば、きっと……。

香の抱える事情を知ったら、きっと先生は分ってくれる。

——すっかり夜になって、道が正しいかどうか、分らなかった。

地図で見るのと、実際の道とはずいぶん感覚が違っているので、香はすっかり迷ってしまった。

アパート。どこかのアパートには違いない。ハガキにあった名前のアパート……。

でも、街灯の明りに、いくつも小さなアパートが並んでいるのが見えた。

誰かに訊《き》くといっても……。

コンビニがあった。故郷の町には見かけないような、明るくて洒落《しゃれ》た作りだ。

香は思い切って中へ入った。

「いらっしゃいませ」

若い男が眠そうな顔でレジに立っていた。

と言いかけたが、カゴを手にした女性が、パッとレジに置いて、

「領収証ちょうだいね」

と言った。

「温めますか？」

カゴの中には、パックのお弁当が五、六個も入っている。

「すぐ食べるか分んないから、いいや」

ジーンズの女性は、まだ二十歳ぐらいに見えた。何だか変ったアクセサリーを首に下げている。

そうか。何も買わないで、アパートの場所を訊くのは失礼だな、と香は思った。

近くの棚から缶コーヒーを一つ取って、レジに並んだ。

「今夜も遅くなりそう？」

と、レジの男性が訊いた。

「たぶんね。景気悪いから、一日で撮り終えないと」

お金を払って、その女性がレジを離れると、香は缶コーヒーを置いて、

「あの――このへんに、〈明風荘《めいふう》〉っていうアパート、ありませんか？」

と訊いた。

「さあ……。この辺に住んでないんでね」

と、素気なく言われて、

「そうですか……」

小銭で代金を払う。

「ねえ」

と、お弁当を買っていた女性が、店から出ようとして戻って来ると、「今、〈明風荘〉って言った？」

「はい。そうです。明るい風、という字で」

「じゃ、今私が仕事してるアパートだよ」

「本当ですか！」

香の声が弾んだ。「連れて行って下さい」

「いいよ。一緒においで」

「ありがとうございます」

と、行きかけると、

「ちょっと！　缶コーヒー、忘れてるよ」

と呼び止められて、あわててレジに戻った。

「――すぐそこの角、曲った所よ」

と、その女性が言った。「誰か知ってる人がいるの？」

「ええ。学校の先生です」

「へえ。──でも、あのアパート、空いてる部屋が多いんだよ」

「そうなんですか」

じゃ、もうアパートにいないということも……。でも、それなら出した手紙が戻って来そうだ。戻って来ないということは……。

「ここよ」

と、大分古くなった二階建のアパートの前に来て、「何号室だって？」

「それは書いてないんですけど。宮里先生っていうんです……」

「宮里？」

と、その女性が訊き返した。「学校の先生で、宮里っていうの？」

「ええ。──知ってるんですか？」

すると、ドアの一つが開いて、ジャンパー姿の男性が出て来た。

「おい、弁当あったのか？」

「買ってきましたよ」

「──その子は？」

と、男が香を見て言った。

「宮里さんを訪ねて来たって……」

「宮里さんを？　知り合い？」

「あの──高校で先生に教わってたんです。宮里先生、このアパートに？」

「まあ、入れよ」

と、男が促す。

その部屋には〈宮里〉という表札が出ていた。ここなんだ！

でも、部屋の中は何だかいやにざわついている。

「おい！　こんなことじゃ、朝までかかっても終らないぞ！」

と怒鳴る声がした。

香はハッとした。あの声……。

「待ってて」

ここへ案内してくれた女性が、香を玄関に置いて、中へ上った。

ライトが部屋の中を照らしている。

「おい、カメラ、こっちへ回れ！」

何かの撮影をしているらしいということは分った。でも、こんな狭いアパートで？

しかも宮里先生の部屋なのに……。

「よし、本番行くぞ！　時間がない、本気でいけ！」

香は靴を脱いで上り込んだ。数人が奥の部屋の手前に立って、向うを見ている。

香はその男たちの合間から中を覗《のぞ》いて――目を疑った。

小さなベッドの上で、裸の男女が絡み合っている。女が大げさに声を上げ、カメラを持った男が真上から写している。

わけが分らなかった。――何なの、これは？

するとと、さっきの女性が、黒っぽいハーフコートをはおった男を引張って来た。

「この子よ」

「何だ、一体？　今は忙しくて――」

と言いかけて、目を見開く。

「先生……」

「お前……。矢ノ内か」

「元は先生だって言ってたもんね」

と、女性が言った。「女子高生に手出してクビになったって……」

「黙れ。――おい、矢ノ内、どうしたっていうんだ？」

「先生……。こんな……」

ベッドの上の女がひときわ高い声を上げた。宮里は振り返って、

「よし！　それでいい！」

と怒鳴った。「休憩だ！」

香は自分でも分らない内に、そのアパートを出ていた。

宮里は他のスタッフに呼ばれて奥へ入って行った。その間に、香は夜道へとさまよい出ていたのだ。

「あんなこと……。馬鹿みたい……。先生があんな……」

意味のないことを呟きながら、夢中で歩いていた。

広い通りに出ると、目の前にバス停があって、バスが停《と》まっていた。香はタタッと走ってそのバスに乗った。

どこへ行くのか、何も分らない。

ともかく、空いた席に座って、香は息をついた。

今のは夢だったの？　まさか、あんなことがあるなんて……。

でも、あそこにいたのは、間違いなく宮里修だった。香が何年も頼りにして、ただ一人、信じ続けて来た男だった。

――バスは走り続けていた。

窓の外は、どんどん明るく、にぎやかになって行った。

「次は終点……」

というアナウンスが聞こえた。

降りなきゃいけないということは分った。

でも、降りてどこへ行くの？　――バスが停って降りると、信じられないほどの人の波が、香を呑《の》み込んでしまった……。

1　レッドカーペット

「間に合うのかしら」

ひっきりなしに腕時計を見て、気が気でない様子なのは、天本文乃《あまもとふみの》である。

「大丈夫よ、落ちつきなさい」

と、たしなめるのは文乃の母、天本幸代《さちよ》。

「だって、こんなに道が混んでて……」

「余裕を見て出てますから」

と言ったのは、タキシードに蝶《ちょう》ネクタイのスタイルが、どうにも窮屈そうな映画監督の寺山健司《てらやまけんじ》である。

「それに、少々遅れたって、主演女優が到着しなきゃ、何も始まらないわよ」

幸代の言葉に、

「それはそうだね」

と笑ったのは天本有里《ゆり》。

文乃の娘、幸代の孫娘である。

——車一台に、天本家の三世代と、他に三人乗っているのは、普通は乗ることのない大型のリムジンだからだ。

向い合せのシートは三人ずつ座ってもゆったりとして、車は滑るように静かに走って行く。

「公開が少し遅れましたけど」

と、寺山が言った。「でも、ゴールデンウィークにちょうどかかるんで、却《かえ》って良かったと思います」

「ありがとう。こんなおばあちゃんの映画を見に来てくれる人がいるかしら」

と、悠然と微笑んでいるのは、今日プレミア上映される映画〈影の円舞曲〉の主演女優、沢柳布子《さわやなぎきぬこ》。

高血圧などの症状で入院していた、かつての大スターを引張り出したのが寺山である。

「SNSで話題になってますよ」

と、有里が言った。

「悪いわね、寺山さん。宣伝に協力できなくて」

と、布子が言った。

「とんでもない！　こうしてプレミアに出ていただけるだけで充分です」

高齢の布子を、TVや方々の試写会に引張り回すわけにはいかない。

「看護師さんが助手席に」

と、布子の隣に座った若者が言った。

加賀和人《かがかずと》、布子の孫の十九歳である。

「舞台挨拶《あいさつ》が終ったところで、血圧を測ってもらって、映画を見るかどうか決めて下さい」

と、寺山が言った。

「見ますよ」

と、布子が即座に言った。「スクリーンに自分が映し出されるのを見るなんて、久しぶり！　見逃してなるもんですか」

「いや、本当に沢柳さんは撮影でお元気になられましたよね」

寺山も嬉《うれ》しそうだった。

「あなたの『ヨーイ、スタート！』が、どんな薬より効いたわよ」

と、布子は言った。

「——もうすぐですね」

と、加賀が窓の外を覗《のぞ》いて、「この辺は人通りが多いけど……」

もう夜になっているが、ネオンの明りが降り注いで、外は昼間のように明るかった。

リムジンの中も、華やかだった。

天本家の三人と、沢柳布子が、この日のために用意したドレス姿だったからだ。もっとも、文乃だけは至って地味で、有里に散々文句を言われていたが……。

布子を挟んで座っている男性二人はタキシード。どう見ても、スラリとして脚の長い加賀和人の方が似合っている。

「――到着します」

と、ドライバーの声がした。

照明が当って、白いリムジンは光り輝くようだった。

「さあ、沢柳さんが最初に」

と、寺山が言った。「加賀君、沢柳さんの腕を取って」

「監督の方がいいですよ。僕のことはみんな知らないし」

「いいのよ。来て」

と、布子が加賀の手を握った。

リムジンが静かに停《と》まって、ドアが開くと――。

「やった」

と、有里が言った。「一度歩いてみたかった!」

ライトが照らしているのは、真直《まっす》ぐに続くレッドカーペットだった。

そして、その両側を埋める、鈴なりの人、また人……。

「行きましょう」

と、布子が促した。

加賀と腕を組んで、沢柳布子がゆっくりと進んで行く。真直ぐに背筋の伸びたその後ろ姿は、見とれるほどきれいだった。

「有里、寺山さんと行きなさい」

と、幸代が言った。

「え？　でも、お祖母《ばあ》ちゃんの方が——」

「寺山さんだって、有里と腕組んだ方が楽しいと思うわよ。私は文乃とついて行くから」

「はい」

他の出演者たちは別の車で後からやって来るはずだ。

有里は、寺山と二人、レッドカーペットを歩き出した。

両側の見物客が、我先にケータイやスマホで写真を撮っている。

「ちょっと！　押さないで！」

「危いでしょ！」

という声がしたと思うと——。
二、三人が押し倒されるように転んだ。ロープをつかんで立っていたガードマンの足下に、女の子が一人、勢いがついて倒れた。
「危いわよ！」

と、有里が素早く駆け寄った。

女の子は、起き上ろうとして呻《うめ》いた。

「私がやるわ」

と、文乃がやって来て、「有里は行きなさい」

「でも――」

「大丈夫です、私が」

と、駆けて来たのは、助手席から最後に降りた看護師だった。

スーツ姿だが、バッグを抱えている。

「じゃ、お願いします」

「あんたは行って！」

その場を、文乃と看護師に任せて、有里は寺山を追って行った。

「心配ないです」

と、有里は肯《うなず》いて見せた。

レッドカーペットの上で、沢柳布子がインタビューを受けていて、そこに寺山も加わった。

有里は気になって、振り返った。倒れた少女が支えられて行くのが見えた。

看護師がいるのだ。大丈夫だろう。

有里は加賀を促して、先に会場の中に入って行った。

館内が明るくなると、少し間を置いて拍手が湧き起った。

有里も精一杯拍手した。――この映画の制作に多少係《かかわ》っていたので、必ずしも冷静に見ていられなかったかもしれないが、それでも感動して、ラストシーンでは涙が出た。決して悲劇ではない。むしろ年老いたヒロインの、さらに充《み》ち足りた未来を思わせる結末なのだが、涙がこみ上げてくる。

それはやはり沢柳布子の持つ力、存在そのもののすばらしさだった。

「沢柳さん、立って」

と、幸代が促すと、

「そうね」

と、布子は少し照れくさそうに、席から立ち上った。

場内の拍手は一段と盛り上った。

「あなたも」

と、布子が寺山の肩を叩《たた》いて、一緒に立たせた。

プレミアは大盛況の内に終った。

一般客より先に布子たちとロビーへ出た有里は、文乃がいるのを見て、

「お母さん、どうしてたの？」

「ちゃんと見たわよ。ただ、もう暗くなってたから、端の方の空いてる席に座った」

「良かった。――さっきの女の子、どうした？」

「看護師さんの判断で、救急車を呼んだの。近くの病院へ運んだわ」

「そう。大丈夫かな」

「そうひどいけがじゃないようだったけど、一応、骨にひびが入ってないかとか、頭を打ったみたいだから、検査を頼むと言ってたわよ」

と、文乃は言って、「ああ、看護師さん、あそこに」

ロビーのソファに座っていた看護師が、立ってやって来ると、

「沢柳さん、血圧を測らせて下さい」

「まあ、ここで？　人目があるわ。事務所へ行きましょ」

「ご一緒します」

と、幸代が言った。「有里、文乃と一緒に打上げに行って。私も後で」

「分った」

と、有里は言って、「加賀君も、一緒に行こうよ」

「僕はスタッフだよ」

「いいじゃない。将来の監督だよ」

加賀が笑って、

「君の方が、監督に向いてると思うけどな」

と言った。

「それ、どういう意味？」

そこへ、場内の一般客がドッと出て来て、二人の話はそれ以上進まなかった。

そして——布子の血圧は、やや高めだったものの、看護師の許可も出て、打上げのパ

ーティにも布子は出席することになった。

しかし、寺山が気をつかって、初めのスピーチを布子に頼み、その後共演した役者たちから花束を受け取ったところで、会場から退出する段取りにした。

「私がお送りするから」

と、幸代が言った。「有里はパーティでゆっくりしてらっしゃい」

「せっかくドレス作ったものね」

と、有里は肯いた。「でも、あの女の子、大丈夫だったのかな……」

「何なら看護師さんに訊《き》いて、後で病院に寄るわよ」

と、幸代は言って、人に囲まれている布子の方へと人をかき分けて行った。

――有里は、加賀と二人で、パーティの料理を食べまくったが、

「やっぱり気になる」

「何が？」

「あの倒れた女の子。女の子っていっても、私よりは年上かな」

「じゃ、抜け出して、病院に行くか？　僕もお祖母さんのプレミアで、ひどいけが人が出たんじゃいやだからね」

「それじゃ……」

有里は、会場の隅でぼんやりしていた文乃に、「お母さん！」

と、声をかけた。

「何？　まさか二人でどこかに泊るとか言うんじゃないわよね」

「違うよ！」

有里が事情を話すと、

「ああ、あの子ね。病院なら分るわよ。看護師さんが救急隊員に訊いてたから」

「じゃ、一緒に行ってくれる？」

「いいわよ。こういう人ごみって、頭が痛くなるの」

と、文乃はホッとしている様子だった。

三人はタクシーで病院に向った。

途中、有里が幸代のケータイにかけると、幸代はもうすぐ病院に着くところだと分った。

「夜間受付の所にいるわ」

と、幸代は言った。

何しろ顔の広い幸代なので、その病院の院長とも知り合いということだった。

「――お祖母ちゃん」

病院に着くと、幸代が廊下の長椅子にかけていた。

「具合、どう？」

「これから訊きに行くのよ。――でも、みんなお見舞のスタイルじゃないわね」

「本当だ」

ナースステーションに行くと、当直の医師を呼んでくれることになったが、

「倒れた拍子に、胸を打っているようで、肋骨《ろっこつ》にひびが入っているかもしれません。でも大したことは……」

という看護師の話に、みんな安堵《あんど》した。

「――お医者さんの話を聞いてから、布子さんに連絡するわ」

と、幸代は言った。「気にしてらしたからね」

「やっぱり布子さんだね」

と、有里は言った。「そんなことにも、しっかり気が付いてる」

中年の医師がやって来ると、

「レントゲンの結果は問題ありません」

と言った。「倒れたときの打ち身やすり傷は、二、三日で良くなるでしょうし」

「良かったわ。入院の費用などは私どもの方で。――あの子のご家族には連絡が行ってるのでしょうか」

「いや、訊いても言わないんです。そこがちょっと気になってるんですが」

「といいますと？」

と、幸代が訊く。

「睡眠薬でものんだのか、ぼんやりしてるんです。それもあって、転倒したのかもしれません」

「それは……何か悪い薬とか……」

「そうじゃないと思いますよ。まあ、入眠剤をアルコールと一緒にのんだのかな、とも……。そういうことになると、のまされた可能性もありますからね」

と、医師は言った。「ともかく、今夜はやすませて、明日、話をよく聞いてみますよ」

「よろしくお願いします」

一応意識はあるとのことだったので、有里たちは、その少女の病室へ行ってみた。

「——どう、具合は？」

と、幸代が訊くと、少女は少しぼんやりと見て、

「私……どうしたんでしょう」

と言った。

「倒れたのよ、人ごみで」

幸代が状況を説明すると、

「プレミア……。映画の、ですか」

「ええ。あなたは見に行ってたわけじゃなかったの？」

「知りませんでした……。歩いてたら急に人にワッと押されて……。気が付いたら倒れてて……」

「じゃ、人の流れに巻き込まれたのね。災難だったわね」

と、文乃が言った。

「私……バッグ……どうしたんだろ」

と、少女は初めて気付いたように、「あのとき持ってたバッグ……」

「気が付かなかったわね。あの会場の人に訊いてみましょう」

と、文乃は言った。

「あなた、名前は？」

と、幸代が訊くと、少女はなぜか目を伏せて、

「私……矢ノ内香といいます」

と答えた。

「矢ノ内さんね」

幸代が、有里の持っていた手帳に文字を書いて、「この字でいい？　お宅の方に連絡しようと思うけど、電話番号とか……」

「いいんです」

と、矢ノ内香は、少しはっきりした口調で言った。「家族はいません」

「いない？　お家《うち》は――」

「家もありません。私……地方から出て来たんです。入院したりして、お金、持ってないんですけど」

「いいのよ、それは。心配しないで」

「でも……」

「大丈夫。ともかく今夜は眠って。ね、明日また来ますからね」

幸代がなだめて、やっと少女は落ちついた様子で目を閉じた。

「――何だか、わけのありそうな子ね」

と、廊下へ出て、幸代が言った。

「また変なことに係り合わないでよ」

と、文乃が顔をしかめた。

「そうだなあ」

と、加賀が有里を見て、「あの映画の撮影の後にも、とんでもないことになってたそうじゃないか」

「終ったことは考えないの」

と、有里は言い返した。「私には、この心強いボディガードがついてるもん」

有里が加賀の腕に自分の腕を絡めて、ぐいと引張った。

「加賀君」

と、文乃が言った。「有里と付合うなら、防弾チョッキを買った方がいいわよ」

――ともかく、「レッドカーペットの夜」は、さほど危険なこともなく、終ったのである。

2　祭りの後

プレミアの翌日、有里はお昼近くまで眠ってしまった。

今は高校二年生になる前の春休みである。昨夜のプレミアは大成功だった。

若い人が集まることを狙っての、映画の公開は四月の後半の予定だ。──配給会社も、初めは、

「いくら昔は大スターでも、沢柳布子で客は来ないだろう」

と渋っていたが、若者向けのSNSで発信すると、布子の凜《りん》とした姿に、〈カッコイイ!〉という声が上り、話題になった。

方々の雑誌やラジオ、TVで「かつての大スター」のころの布子が取り上げられ、大いに盛り上って来たので、配給会社も、

「ぜひゴールデンウィークに」

という話になり、プレミアが昨日に設定されたのだった。

「公開されたら、毎日見に行く!」

と、有里は宣言していた……。

「——おはよう」

と、欠伸《あくび》しながらダイニングへ入って行くと、文乃が、

「春休みだからって、呑気《のんき》にしてて大丈夫なの？」

と言った。「何か食べる？」

「うん。お腹空《す》いた！」

テーブルにつくと、ケータイが鳴った。

「あ！　村上《むらかみ》さんだ！」

このところ、何かと世話になっている刑事である。「——もしもし？」

「やあ、ゆうべは楽しかったよ」

映画制作に係《かかわ》る事件で、村上と知り合ったので、布子がプレミアに村上を招待していたのである。

「ごめんなさい、相手できなくて」

「いや、あの人出じゃ、どこにいるかも分らなかったよ。ちゃんといい席に案内してくれた」

「今起きたの。村上さんは？」

「今日は休みでね。とりあえずお礼を言っとこうと思って」

「え？　それじゃ……」

有里の目が輝いた。「ね、ちょっと付合ってくれる？」

「いいけど……」

「プレミアの会場に行くことになってるの」

あの矢ノ内香の言っていたバッグを、捜しに行く役を引き受けていたのである。

事情を聞くと、村上は、

「分った。それじゃ、ゆうべの……」

「うん。レッドカーペットのあった辺りで待ち合せね」

と言ってから、有里は文乃の方へ目を向けた。

文乃も有里を見て、

「それなら、村上さんとお昼、食べなさい」

「いい？　――あ、もしもし」

文乃は、

「ちゃんと自分で払うのよ！」

と、付け加えた……。

「そんなことがあったのか」

と、村上は言った。

「見付かるかどうか、分らないけどね」

と、有里は言って、ハンバーガーに思い切りかぶりついた。

「それじゃ、あの映画館の入ってるビルの管理室に行って訊《き》けばいいね。そんな状態だったら、踏みつけられてるだろうけど」

村上も、もちろんハンバーガー。有里が、ちゃんと払うと言ったので、二人して安上りに済ませることにした。

「その子、十七、八？　家出かな」

と、村上が言った。

「そうかも……。家族もいなきゃ、家もないって」

「まあ、大したけがでもないようで、良かったね。何しろ東京は身許《みもと》不明の死体がいくつも見付かる」

「身許の分るものは持ってなかったみたい。バッグがあれば、その中に何か……」

「手掛りがあれば、家出人の届けが出てるか調べられるよ」

と、村上はハンバーガーを口の中へ押し込んで、ちょっと目を白黒させた。

――二人は店を出て、すぐ通りを渡った。

「ここにレッドカーペットが敷いてあったんだ」

有里は手で示して、「みんなドレスで、颯爽《さっそう》としてたんだよ。後で動画、見せてあげるね」

「ああ、見たいね」

映画館が一階に入ったそのビルは、全体が十五階建のショッピングモールになっている。

村上は受付で管理室の場所を訊いて、二人してロビーの奥へと入って行った。

ガードマンに訊くと、

「昨日の落し物ですか？」

と、ちょっと考えて、「分りました。こちらへ」

と、案内してくれる。

廊下の奥、倉庫のような空間で、

「ここにゆうべの落し物が集めてあります」

と、ガードマンが言って、明りを点《つ》けた。

「え……」

有里は絶句した。

床一面に、ズラッと並んでいるのは、大小のバッグから、財布、ケータイ、キーホルダー……。

「こんなに？」

と、村上もびっくりしている。

「そうですね。昨夜は特にごった返してましたから。それでザッと……二百くらいあるかな」

「へえ！」

半ば呆《あき》れながら、有里は首を振った。

「でも、どのバッグか分るかい？」

と、村上が訊く。

「詳しいことは聞いてない。まさか、こんなにあるなんて……。でも、そう小さいバッグじゃないと思う。地方から出て来たんだから」

「そうか」

さすがに、旅行に持ち歩くようなバッグはそうない。——有里は一つずつ手に取っていたが、

「あ——。ここに名前が」

ボストンバッグの底に、サインペンで、〈矢ノ内〉と書いてあった。薄れているが、一応ちゃんと読める。

「これか。——どうしよう？　受け取るのに何か必要？」

ガードマンは村上が刑事と知ると、

「一応、ノートがあるんで、サインして下さい。それで結構です」

「分った。ありがとう」

事務室に連れて行かれて、村上がノートにサインする。

「中を確かめた方がいいかな」

と、村上は言った。

「そうね。身許の分るものがあるかも」

バッグをテーブルに置いて、開けて中を覗《のぞ》いた。

着替えやヘアブラシなどが見えたが、

「私が出すね。女の子のものだから」

と、有里は言って、テーブルの上に、中の物を出して行った。

「ケータイはないね。手紙らしいものも……。これ、ハガキが」

二つに折った、かなり古そうなハガキが、押し込むように入っていた。

「〈矢ノ内香様〉って、住所もある。差出人は……〈宮里〉?」

「それがあれば調べられるな」

と、村上は言った。

ビニール袋が出て来た。

「たぶん歯ブラシとか……」

逆さにして、テーブルに出すと、洗面道具だったが——。

「何かな」

ガーゼにくるんだものがあった。

有里はガーゼを開くと、

「わっ！」

と、思わず声を上げた。

「おい、これは……」

村上の顔が引き締った。

コロリとテーブルの上に落ちたのは、切断された人の指だった。

「バッグ、取って来たわ」

と、有里は持ち上げて見せて、「これでいいんでしょ？」

ベッドで、どこかふさぎ込んだ様子だった矢ノ内香は、バッグを見ると、やっと笑顔になって、

「それです！　すみません、お手数かけて」

と言った。

「たぶん、人に踏まれたりしてると思うんで、中を確かめてくれる？　もし、何か壊れてる物があると、破片でけがするかもしれないと思ったんで、ちょっと覗いたけど、勘弁してね」

「とんでもない。わざわざ取りに行ってもらったんですもの。天本さん……でしたね」

「有里って呼んで。あなたはもう高校卒業したんでしょ？　私、まだこれから二年生」

「じゃ、十六？　凄く大人ですね」

「ちっとも」

と、有里は首を振って、「バッグの中、出してみましょうか？」

「恥ずかしいわ。大した物、入ってないんで。本とかＣＤとか……」

「ＣＤは割れてなかったみたい」

香が起きようとするので、有里は、「ベッドを起こした方が」

と、電動で起こすボタンを押した。

「こんなことできるんだ」

と、香は目を丸くしている。

起き上って、バッグの中を探ると、

「――大丈夫みたい。失くなってる物もないし」

と言った。

「そう、良かったわ」

と、有里は言って、振り返ると、「村上さん」

と呼んだ。

村上がやって来ると、有里は、

「香さんは何も知らないわよ。あんな物が入ってるって分ってたら、こんなに平気で中を確かめないでしょ」

話を聞いていた香が戸惑って、

「何のこと？」

「実はね、このバッグから、とんでもない物が出て来たの」

有里の話を聞いて、香は唖然《あぜん》とした。

「人の指？　そんな物、全然知りません！」

「分ってるわ。誰かが、始末に困ってあなたのバッグへ入れたのね、きっと」

「でも……それってヤクザ映画にあるような？」

「刃物でスパッと切ったというより、傷口はちぎれてる印象だったな」

村上が、さすがに刑事らしいことを言って、「鑑識に回しているよ。指紋から何か分るかもしれない」

「いやだ……。怖いわ」

と、香は呟《つぶや》くように言った。

それは香の本心からの言葉だと有里には聞こえた。昨夜は、東京へ出て来た事情なども何も明かさなかった香だが、その指のことを聞いて、初めて素直に口をきいたという印象だった。

「——バッグに、折りたたんだハガキが入ってたけど」

と、有里が言うと、香は、

「見たの？」

と訊いたが、怒っているようではなかった。

「あの住所を訪ねて行ったの？」

有里の問いに、香はしばらく黙っていたが、やがてバッグからそのハガキを取り出し、

「——これだけが頼りだったの……」

と言った。「宮里先生を訪ねて行けば、きっと相談に乗ってくれる。そう思ってた」

「学校の先生なのね？」

「高校で、私のことを本当に理解してくれていた、たった一人の先生だった。でも、東京の私立校に移ることになって……。私、この住所を懸命に探して、やっと見付けたんです。でも……」

——そのアパートで見た光景について話すと、香はしばらく目をつぶってしまった。

尊敬し、頼りにしていた教師が、こともあろうに、アパートの自分の部屋でアダルトビデオを撮っていたとは、香が打ちのめされる思いだったことは想像するに余りある。

有里も、何とも言いようがなかった。

「——あの指は、そこで入れられたのかな？」

と、村上が言うと、

「さあ……。あのときは、ただびっくりして……。狭い所に人が何人もいたんで、もしかしたら……」

「その後でも、入れる機会はあったわね、きっと」

と、有里は言った。

「この宮里って人を訪ねてみよう」

と、村上が言うと、香はハッとしたように、

「でも、私のことは言わないで！」

「君がここにいることは黙っているよ。ただ、その手のビデオには、暴力団が絡んでることもある。あの指と何かつながりがあるかもしれない」

「でも——宮里先生が何か係ってるわけじゃないと思います」

と言ってから、香はちょっと目を伏せて、「もちろん、先生も変っちゃったんだと思いますけど」

「別に、この先生をいじめに行くわけじゃないよ」

と、村上は言った。「安心していて。どんな話だったか、後で——」

「私が伝えに来るわ」

と、有里は香の手を取って、「心配しないでね」

「ええ……」

香は力なく呟くと、ベッドを元のように倒して、目を閉じた……。


「大体、この辺だね」

タクシーを降りると、村上が言った。

「でも、香さんはショックだね。頼りにしてた学校の先生がＡＶ監督？」

「まあ、何かわけはあったんだろうけど……」

と言いかけて、「——サイレンだ」

あのハガキの住所へと、二人でやって来たのだが、サイレンがどんどん近付いて来たのである。

「消防車だ」

と、村上が言った。

「村上さん、あそこ――」

有里が指した方に、黒い煙が上っていた。

「近いぞ」

村上が駆け出して、有里はあわてて後を追った。

道の角を曲ったところで、有里はギョッとして足を止めた。

古そうなアパートが、火に包まれていた。今燃え始めたというのではなく、すでに火は建物全体を包んでいる。

近所の人らしい女の人に、

「これ、アパートですか？」

と、有里は訊いた。

「ええ。――〈明風荘〉っていってね。ボロだったけど……燃えるのも早いわね」

と、妙な感心をしている。

「このアパートだ」

と、村上は言った。「誰か住んでる人は？」

「ほとんど空き部屋だったと思うわよ」

と、その女の人は言った。

そこへ、消防士が駆けつけて来た。

「危いから、離れて！」

そう言われて、有里は自分が炎の熱さを感じるくらい近くに立っていることに初めて気付いた。

目の前で燃えている光景が、何だか現実のものに見えなかったのだ。

道が狭くて、消防車が近くまで入って来られないので、消防士も、ほとんどなすすべがない様子だった。

「隣の建物に水をかけろ！」

と、指示する声がした。

周囲に火が移らないようにするのが精一杯だろう。

「――でも、なくなってくれて良かったわ」

と、その女の人が言った。

「どうしてですか？」

「何だか、怪しげな連中が出入りしてたからね。宮里さんは、まあ普通の人だったけど」

有里と村上は顔を見合せた。

「宮里さんって、ご存じだったんですか？」

と、有里が訊く。

「ええ。何だか以前は学校の先生だったとかでね……。割ときちんとした人だったわよ。でも、最近はちょっと得体のしれない人たちが出入りしてたの」

「宮里さんは無事なんでしょうか」

「ああ、大丈夫よ。火が出たとき、出て行くのを見たわ」

「出て行く、って……。火事になってからですか？」

「ええ、そうよ」

と、女の人は当り前に肯《うなず》いて、「逃げるように行っちゃったわ。あの人が火をつけたんでしょ、きっと」

——放火？　しかし、なぜ？

有里と村上は、そのアパートが炎の中に崩れ落ちるのを、呆然《ぼうぜん》と眺めていた……。

3　選択

コーヒーチェーンの店にせかせかと入って来る宮里を見て、充代《みつよ》は思わず店内を見回していた。

店は空《す》いていて、パソコンやスマホに見入っている客ばかりだった。

宮里が向いの席に座る。

「——汗を拭《ふ》いて」

と、充代はバッグからポケットティッシュを取り出して渡した。

「汗?」

宮里は、何を言われているのか、すぐには分らない様子だったが、「——汗をかいてるか?」

「自分で分らないの?」

と、充代は呆《あき》れたように、「上着の肩に、灰が」

充代は手を伸して払うと、

「何か買って来ないと」

「ああ……。冷たい飲物がいいな。自分で行く」

と、腰を浮かしかけたが、充代が止めて、

「座ってて。そんな目つきをして、注文しに行ったら、お店の人がびっくりするわ」

「俺の目つきがどうしたって?」

「小さな声で」

と、たしなめて、「目が血走ってるわよ。怖い顔してるし。——コーラ?」

「ああ、それでいい」

充代は注文のカウンターで、コーラを頼んで、すぐ受け取ると、席に座った。

宮里はクシャクシャになった自分のハンカチで首筋の汗を拭《ぬぐ》っていた。

「飲んで」

と、充代はグラスをテーブルの上に置いた。

「――やれやれ」

コーラを、ほとんど一気に飲み干して、宮里は大きく息を吐いた。

「――少し落ち着いたわね」

と、充代が言った。

「そんなにひどい顔してたか？」

「ええ。人が見たらどう思うかしらって心配になるくらい。でも結局は大丈夫だった。

――それで、首尾はどうだったの？」

「うん。あの安アパートだ。アッという間に燃えちまったさ、きっと」

「誰かに見られなかった？」

「たぶん、大丈夫だと思うが」

と、自信なげな口調。「なにしろ緊張してたからな」

「それは分るけど。昼間だし、誰かに見られていても、ふしぎじゃないわね」

「ああ、そういえば……。近所の奥さんが遠くに立ってたような気がする」

「あなたを知ってる？」

「うん、話ぐらいはしたことがある」

「仕方ないわね」

と、充代は言った。「それと……。私がコンビニから連れて行った、あなたの教え子だったたっていう子……」

「矢ノ内か」

「あの子はどうなの？　放っておいて大丈夫？」

「いや、全く、あれにはびっくりした」

と、宮里は言った。「ときどき手紙は来ていたが、まさか上京して来るとは……。しかも黙って訪ねて来るとは思わなかったよ」

「あの子にもショックだったでしょ。学校の先生だとばかり思っていたのに――」

「やめてくれ」

と、宮里は遮って、「ホッとしたせいか、腹が減って来た。何か食うものを……」

「買って来てあげるわ。ホットドッグ？　サンドイッチ？」

「ホットドッグでいい。ああ、それとホットコーヒーも頼む」

「分った」

充代はカウンターへと向いながら、料金表を見た。

太田《おおた》充代、二十二歳。宮里の撮るビデオの細々とした雑用をこなしている。そして……。

「——ガツガツ食べないで」

と、充代は、ホットドッグにかぶりつく宮里を見て苦笑した。

「食い方ぐらい、好きにさせろ」

「好きにしてるでしょ、充分に」

充代は自分のトレイに、宮里の飲んだコーラの容器ものせて、「明日までに仕上げないと、お金が入らないのよ」

「分ってる。今夜、徹夜で片付けるよ」

宮里は投げやりな口調で言った。

「手伝うわ」

「ああ、頼む。一人で編集してると、眠くなっちまう」

宮里が食べ終えると、充代は自分のトレイに全部の皿やカップを集めて、〈返却口〉へと持って行った。

——二人は店を出ると、地下鉄の駅へと歩き出した。

「四十五分でまとめるんだったな」

「そうよ。イメージビデオ風のところはカットね」

「少しは入れてやらないと可哀そうだろ。当人は精一杯可愛く振舞ってた」

「せいぜい一、二分ね。でも、あの子、可愛いから人気が出るかもしれないわ」

「しかしな……」

宮里が口ごもる。

宮里が気にしていることは、充代にも分っていた。一度でもアダルトビデオに出れば、その事実はずっとついて回る。

中には、そういう世界からスターになった女性もいるが、それは例外中の例外だ。

言葉巧みに、若いタレント志望の女の子を口説いてＡＶに出演させている自分が、やり切れないのだろう。

「——そうだったわね」

充代は、宮里の足が止るのを見て言った。「病院に行く日でしょ、今日」

「ああ、そうなんだ」

「じゃ、奥さんの顔を見てらっしゃいよ」

宮里は少し迷っている様子で、

「しかし、編集しなきゃならないしな」

「大丈夫よ。行かないと、奥さん、がっかりするわ」

「うん……。それじゃ早めに帰るようにするから」

「分ったわ。一応お弁当でも買っておくわね」

「ああ。じゃ、俺はバスだから」

充代が背中を押してくれたことで、気が楽になったのか、宮里の後ろ姿は軽やかな足取りだった。

充代は、宮里の姿が見えなくなるまで見送ると、地下鉄の階段を下りて行った。

時間に追われる仕事をしている宮里は、入院している妻の所へなかなかいけない。だから、見舞った日は必ず遅くなるのだ。

もちろん、充代はそのことで宮里を責めたりはしない。

「――どうなるかな」

ホームに立って、呟《つぶや》いた。

どうせ宮里は夜遅くならないと帰って来ない。どこか途中で食事してしまおうか。

電車が来て、うまく座れた。

宮里が、あの古いアパートを出て、太田充代の所へ転り込んで来たのは、半年ほど前だ。

充代も、アパートで一人暮しをしていたのだが、二間あるので、宮里が同居しても大丈夫だった。

もちろん、それ以前から、宮里とは男女の仲になっていて、そのことが宮里を今の仕事に深入りさせる結果になったのだが――。

「金がいるんだ」

と、宮里は充代に、自分からAVの仕事をしたいと言って来たのだった。

それが、妻の入院治療の費用のためだということは、後で知った。

宮里は、ディレクターとしても有能だった。もちろん、やりたくてやっているのではないだろうが、「金のため」と割り切って、自分を納得させているようだった……。

「あーあ……」

寝不足はいつものことで、妙な時間に眠くなる。

電車で座って揺られている内、ウトウトしていた充代は、隣の客が立って、すぐに誰かが座った気配で目をさました。

大きな欠伸《あくび》をしていると、

「相変らず色気ねえな」

と、すぐそばで言われてびっくりした。

「あんた……猛《たけし》じゃないの！」

眠気がさめてしまった。

隣に座っていたのは、ここしばらく音信不通になっていた、弟の太田猛だったのである。

「姉さんは変らねえな」

と、猛は言った。

「猛……」

充代は、それこそ「変らない」様子の弟を見て、不安になった。

派手な赤いシャツに白い上着、ちょっとした顔役を気取っているのだろうが、どう見ても、チンピラにしか見えない。

まだ十九歳だが、こんな時間から酒くさい息をしていた。

「どうしてるの、今」

と、充代は言った。

「別に。相変らずだよ」

と、猛は肩をすくめて、「姉さんは、例のじいさんと一緒なんだろ、まだ？」

「じいさんだなんて。宮里さんはまだ四十五よ」

「俺から見りゃ、充分じいさんさ」

「猛、どうしてここに？　私のこと、後を尾《つ》けてたの？」

「そうじゃねえよ。ただ、駅で見かけたから、この電車に乗ったんだ。ちょっと顔を見せとこうと思ってさ」

「ケータイにかけても出ないし。心配するじゃないの」

「もう大人だぜ、俺」

「未成年でしょ。お酒飲んで」

「酒ぐらい、どうってことねえよ」

「あんた、まさか……。悪いもの。やってないでしょうね」

「クスリには手を出さないよ。周りにゃ一杯いるけどな」

「それだけはだめよ。抜けられなくなる」

「これからちょっと人と会うんだ。――ま、女なんだけど。少し貸してくれよ」

「借りるんじゃなくて、持ってくんじゃないの。——誰と付合ってるの？」

「なかなか可愛い女なんだ。俺、もてるんだぜ」

充代は財布から一万円札を出して、

「体に気を付けるのよ」

と言って渡した。「私は次で降りるから」

「ありがと。また連絡するよ」

と、猛はもらった札をポケットへ入れた。

ゆっくり話している時間はない。充代は、

「じゃ、またね」

と、席を立った。

「元気でね」

と、猛はちょっと手を上げて見せた。

電車を降りて、ホームを歩きながら、充代は、走り出した電車の中に、弟の姿を追った。

「本当にもう……」

どこでどうしているのか、さっぱり分らなくなって、もう二年近くになる。

高校を中退して、付合っていたグループの誰かの所へ転り込んだりしているということは分っていたが、充代も自分の生活で手一杯だ。

宮里と暮すようになってからは、なおさら時間がなかった。
しかし——宮里との生活は、充代にとって貴重な「家族」の安心感を与えてくれるものだった……。

眠っているように見えた。

宮里は妻のベッドにそっと近付いてみた。

久子《ひさこ》……。宮里は妻の顔を覗《のぞ》き込んだ。

そして、一瞬ゾッとした。妻が呼吸していないように見えたのである。

まさか！　血の気がひいた。

しかし、そのとき、妻の胸がゆっくりと上下して、かすかな吐息が洩《も》れた。

宮里はホッとした。

すると、気配を感じたのか、久子が目を開けたのである。

「あなた……。来てたの」

と、囁《ささや》くような声を出す。

「今来たところさ」

宮里はベッドの傍の椅子にかけて、「時間がなくて、何も買って来られなかった。何か欲しいものがあるか？　買って来るぞ」

「別に……」

と、枕の上で、小さく顔を左右に動かした。

「眠ってたのか? 起こしたかな」

「眠ってるような、起きてるような……。このところ、こういう時間が多いの」

「そうか。そういうときは夢を見たりするのか?」

「そうね。あなたが昔のようにスラリとやせて、髪もフサフサになって現われたりするわ」

と言って、久子はちょっと口もとに笑みを浮かべた。

「タイムマシンでもなくちゃ、それは無理だろうな」

「いいのよ。夢だもの」

と、久子は言った。「それより、お仕事の方は? 順調なの?」

「ああ。今夜も、たぶん徹夜でビデオの編集をしなきゃならない」

「じゃあ……いいの、こんな所に来てて」

「ああ。お前の顔を見るのが、エネルギーの素《もと》さ」

「無理をしないでね」

と、久子は言った。「今は何のお仕事を?」

「企業のPR用ビデオだ。ほら、大学生なんかに就職説明会とかで見せるビデオだ」

「分るわ」

「ああいうのは、企業の方も経費で落ちるからな。手間の割には払いがいいんだ」

「しっかりやってね」

「うん。安心してろ。——何かおやつでも買って来るか？」

「いいわよ」

と言ってから、久子は思い直したように、「——じゃあ、シュークリームみたいなものが欲しいわ」

「シュークリームか。よし。その辺を探して見付けてやる」

「エクレアでもいいわ」

「分った。待ってろ」

宮里は立ち上って、「眠らないで待っててくれ。一緒に食べよう」

「そうね……」

病室を出て、宮里はエレベーターへと向ったが……。

「宮里さん」

と、ナースステーションから声がかかった。

「あ、どうも。いつも家内が……」

「先生がお目にかかりたいと。——ちょっとお待ち下さいね」

看護師は医師へ連絡を入れて、「——すぐここへ参りますので」

「分りました」

担当の医師とも、なかなか会う機会がなかった。五分ほどして、小太りな医師がやっ

て来て、

「宮里さん、お会いできて良かった。ちょっと座りましょう」

　エレベーターの手前の休憩所で、

「実は、昨日奥さんが発作を起こされて」

　という医師の言葉に、宮里は一瞬青ざめた。

「それで……」

「ご連絡しようとしたんですが、ケータイが通じなくて。その内、奥さんの具合も良くなったので、それきり……」

「申し訳ありません。仕事中で切っていたので……」

「まあ、今回の発作は大したことはなかったのですが、こういうことは一度起ると、これからも起ると思った方がいいのです。そしてたまたま大きな発作が来ると、心臓が弱っていますのでね、危険な場合が……」

　宮里は座り直して、

「先生。手術とかの方法は――」

「それは賭けですね。手術が長引くと、心臓がもたないこともあります」

「しかし、うまく行けば、助かる可能性も」

「それは確かです。奥さんともよく相談なさって下さい」

「うまく行く可能性は、どれくらいでしょうか」

「そうはっきりとは……」

医師は口ごもっていたが、「五分五分、と言いたいところですが、うまく行く確率は三割ぐらいでしょうか」

「——そうですか」

と、宮里は目を伏せた。

「手術を選択されるなら、早い方がいいと思います。発作がくり返されたら、抵抗力も落ちますからね」

「分りました」

宮里は肯《うなず》いて、「数日中にお話をさせて下さい」

「分りました。ナースステーションの方に言って、アポを取って下さい」

宮里は、

「よろしくお願いします」

と立ち上って、深々と頭を下げた。

4　秘めた夜

「今日は現場検証だったんだよ」

と、村上は言った。

「あのアパートの火事の？」

と、有里がアイスティーをかき回しながら訊《き》いた。

「うん。やはり放火だった」

「宮里さんがやったのかしら？」

「それは分らないが……。まあ、他の家には被害がなかったけど、それでも放火は重罪だからね」

「宮里さんがどこにいるか――」

「あの近くのコンビニの店員が、あのアパートで撮影していたスタッフを知ってた。そっちからたぐって行けば、宮里の居場所も分るだろう」

有里は都心の喫茶室で、村上と会っていた。

春休みの一日、午後の日射しはまぶしいくらいだった。

「でも、放火するって、何かよほどのことよね」

「うん。ともかく、宮里と会って話を聞かないと」

「アパートに他の住人はいなかったの？」

「ああ。どこも空部屋だった」

と、村上は言ったが、「――しかし、宮里の部屋でね……」

「何かあったの？」

「焼けてしまっているので、よく調べないとはっきりしないんだが……」

「どういうこと？」

「浴室の床に、血痕《けっこん》らしいものがあったんだ」

と、村上は言った。

「あの指と関係が？」

「まだ分らない。ともかく焼け跡だからはっきりした結果が出るかどうか」

「何か分ったら教えてね」

「君も、もうじき二年生になるんだろ。あんまり事件に係《かかわ》らない方がいいよ」

「今さらそんなこと……」

「言ってもむだか」

と、村上は笑って、「僕は天本幸代さんのお孫さんを危い目にあわせたくないのさ」

「それって、手遅れじゃない？」

と、有里は言った。「——あ、ケータイが」

バッグからケータイを出す。「お祖母《ばあ》ちゃんからだ。——もしもし？」

「有里。今、村上さんと一緒？」

と、幸代が言った。

「うん。どうして？」

「矢ノ内香さんが病院からいなくなったの」

「え？」

「退院しても大丈夫とは言われてたけど、自分で出て行っちゃったらしいわ」

「でも——どこに行ったんだろ？」

「東京で知ってるのは、あの宮里さんのアパートだけでしょ。焼けちゃったことは知らないでしょうから」

「そうだね。じゃ、あそこへ行ってみる」

村上の耳にも幸代の声は届いていた。

「すぐ出よう」

「そうね」

ともかく、この二人に「デート」という言葉は似合わないのである。

「あの……」

コンビニのレジに並んだ客が途切れたところで、香は声をかけた。

「はい？」

レジの男性は、ちょっと当惑した様子で香を見ていたが、「――ああ！　君、あのアパートを訪ねて来てた子だね」

「そうです」

香は少しホッとしたように、「でも、アパートが……」

「うん、火事でね。焼けちゃったんだよ。まあ、古いアパートだったしね。燃えたらアッという間だったらしいよ」

「今、行ってみたらびっくりして……」

と、香は言った。「あの……火事で、けがした人とか、いたんですか？」

「いや、誰もいなかったみたいだよ。どうして火が出たのか、調べてるらしいね」

「そうですか……」

香は少し安堵《あんど》した。宮里の身に何かあったら、と気が気ではなかったのだ。

「あの……」

と言いかけると、会計する客がレジへやって来たので、香は傍へどいて、済むのを待った。

何人か客が続いて、やっと手が空くと、

「何か訊きたいことでも？」

「あの……住んでいた人、どこへ行ったか分りませんよね」

「さあ、そこまではね」

「そうですよね。すみません」

香はくり返し謝って、コンビニを出ようとした。

「ちょっと待って」

と、男性が呼び止めた。「あのとき、君をアパートに連れて行った女の人、憶《おぼ》えてるかい?」

「ええ。——名前も聞きませんでしたけど」

「あの人はね、よくここでスタッフ用の弁当とか買っててね。あのアパートで、ビデオの撮影してたみたいだね。何度もここへ来てたんだ」

「そうですか」

「彼女の連絡先なら分るよ」

「え。——教えてもらえませんか」

と、香はレジへと戻った。

「待ってね」

と、レジの男性は自分のケータイを取り出して、「——これだ。〈太田充代〉。これが電話番号。領収書のことで、色々あってね、連絡先を訊いたんだ」

「ありがとうございます。——太田さんですね。連絡してみます」

「この電話は、ビデオの制作会社のオフィスらしいよ。青山《あおやま》の方だって聞いたな」

「ありがとうございました」

香はケータイなど持っていない。手帳にメモすると、コンビニを出て行った。

レジの男性は、ちょっと考えていたが、ケータイを手にして発信すると、

「——ああ、太田さん？　コンビニの——。そうそう。今ね、あのときアパートを訪ねてた女の子がここへ来たんだ。焼けたって知らなかったようでね」

「で、その子はどこに？」

「君のオフィスの電話を教えといた。あのね、例の火事のことを警察が調べてるらしいんだ。宮里って人の行先を知らないかって訊きに来た」

「そう。——で、どう答えたんですか？」

「係り合いになっちゃ面倒だろ。だから、悪いけど、さっきの子と同じで、君のオフィスの電話を教えた。君の名前は出してない」

「分りました。どうもありがとう」

と、充代は言った。

「あの女の子は何だったんだ？」

「いえ、ちょっと……。忘れて下さい」

と、充代は軽い口調で、「大したことじゃないんです」

——通話を切ると、レジの男性は、

「大したことらしいじゃないか」

と呟《つぶや》いた。

そして、ケータイでメールを打って送った。

客が入って来ると、

「いらっしゃいませ」

いつもの笑顔になっていた。


TVドラマなどで見る、いかにも大都会という感じの超高層ビルとは、およそ縁遠かった。

少しくすんだ印象のある商店街は、矢ノ内香の故郷の町のそれと、あまり違わなく思えた。

「あ……。このビル」

足を止めて、四階建の古ぼけたビルを見上げた。

ビルの中へ入ると、薄暗くて足下もよく見えない。エレベーターのボタンを押すと、ガタガタと音をたてて扉が開いた。

「ここの……三階ね」

メモを何度も確かめて、〈3〉のボタンを押した。

あのコンビニで教えてもらった電話番号にかけると、〈Kビデオ制作〉という会社につながった。

宮里に連絡が取りたかったのだが、電話も住所も教えてくれなかった。その代り、

「夕方にはここへ来ると思うよ」

と、電話に出た男性に言われて、このビルへやって来たのだ。

ゆっくりしたエレベーターが三階で停《と》まる。

三階にも、会社が三つも入っていて、〈Kビデオ制作〉はその一つだ。

文字のはげかけたプレートがあった。――あまり気は進まなかったが、せっかくここまで来たのだ。宮里に会えれば、という思いだけだった。

そっとドアを開けて中を覗《のぞ》く。

「あの……すみません」

と言ってみたが、返事はなかった。

中へ入ってみると、机が二つと、戸棚が並んでいるだけ。

誰もいないのかしら……。

香が戸惑っていると――何か、息づかいのようなものが聞こえた。

少し奥へ入って行くと――。戸棚のかげに長椅子があって、そこに男が一人横になって眠っていた。

ジャンパーにジーンズ、まだ若いのだろうが、ぐたびれ切った印象だった。

電話に出た人だろうか？

でも――話しかけたくなる相手でもなかった。香は外で待っていよう、と思った。ここへ宮里が来るとしても、ビルの入口で待っていれば必ず会えるだろう。

そう決めて、部屋を出ようとしたとき、ドアが外から開いて、香はびっくりした。

「――何だ」

と、その男は言った。「誰かいねえのか？」

「あの……奥に……」

派手なピンクの上着、赤いシャツ。どう見ても、まともな仕事をしている風ではなかった。その見た目だけでなく、冷ややかな目つきに、香はゾッとした。

「――兄貴ですか」

奥で寝ていた男が欠伸《あくび》しながら出て来た。

「あれ？　この娘、いつの間に？」

「あの――失礼するところだったんです」

と、香は言って、出て行こうとしたが、

「そうあわてて出て行かなくてもいいじゃねえか」

と、「兄貴」と呼ばれた男が香の前を遮って、「ビデオに出たくて来たんだろ？」

「いえ……。私、宮里先生に会いに……」

「宮里先生？　――おい、『先生』なんて、この会社にいたか？」

「宮里さんのことですよ。あの人、以前はどこかの先生だったらしいです」

「へえ、あいつがね。――ともかく、逃げることはないだろ」

香は腕をつかまれて、奥の長椅子へと引張って行かれた。

「やめて……。放して下さい」

と言ったが、弱々しい呟きにしかならなかった。

「なかなかいい子じゃねえか。ここのビデオに出してやるぜ」

「私はそんなこと……」

「もったいぶるなよ。男を知らねえわけじゃないだろ?」

香は胸を突かれて、長椅子の上に倒れた。

「カメラがあったら、撮ってやろう」

男は上着を脱いで、香の上に馬乗りになると、「リハーサルだ」

と笑って言った。

「やめて下さい!」

香は身をよじって逃れようとした。

「おとなしくしてろ!」

香は平手打ちされて、目がくらんだ。恐怖で動けなくなった。

若い男が、ビデオカメラを持って来て、

「撮りますよ! ちょっと暗いけど」

「なあに、リアルでいいだろう」

男が香の上に覆いかぶさる。

「――何してるんだ？」

と、声がした。

「誰だ？　邪魔するなよ。いいとこなんだ」

「いいところか。――もっといい所へ連れてってやるぞ。留置場へな」

「村上さん！」

と、香が言った。

村上が警察手帳を見せると、男はあわてて香から離れた。

「ちょっとふざけてただけですよ！　おい、また来るからな！」

上着をつかんで逃げて行く。

「兄貴！　待って下さいよ！」

若い男も、後を追って行ってしまった。

「大丈夫か？」

と、村上が訊く。

「はい……。ありがとう！」

香は今になって青ざめていた。

「良かったわ、私たちが来合せて」

と、有里が顔を出す。

「有里さん……。ごめんなさい、勝手に病院を出てしまって」

「あのコンビニで訊いたの？　私たちも電話番号で場所を調べて」

と、有里は言った。「あなたは宮里さんに会いに来たのね？」

「ええ、夕方にはここに来ると言われたので……」

村上はごみごみした事務所の中を見回して、

「かなり怪しげだな。アダルトビデオを作ってるんだろうが、その宮里って人、どうして教師からこんな仕事に……」

「分りません。――相手にされなくてもいいんです。私が勝手に上京して来たんですから。でも、一度ちゃんと話したい」

「気持は分るがね――」

と、村上が言いかけたとき、ドアの開く音がして、

「誰かいるか？」

その声を聞いて、香は飛び立つように、

「先生！」

と、ドアを開けたまま立っていた宮里へと駆けて行った。

「――矢ノ内。どうしてここが分った？」

と言ってから、宮里は、村上と有里へ目をやった。

「宮里さん。警察の者です」

と、村上が言った。「〈明風荘〉の火災について、伺いたいことがあります」

香は嬉《うれ》しそうな表情から一転、不安げに宮里と村上を交互に見た。

「先生――」

「待ってくれ。刑事さんの用は待ってくれないだろう。お前、どこか泊る所はあるのか？」

「いえ……。でも……」

「金は持ってるか？　安く泊れる所を――」

「大丈夫です」

と、有里が言った。「矢ノ内香さんは、私の家でお預りします」

――そのころ、天本家で母の文乃がクシャミをしていた――かもしれない。

5　泡の夢路

インタホンが鳴った。

「誰かしら……」

太田充代は風呂上りで、パジャマ姿だったが、出ないわけにもいかない。

宮里なら、自分で鍵《かぎ》を開けて入って来るはずだ。しかし、十一時を過ぎたこんな時間にやって来るのは……。

用心しながら、

「はい、どなた？」

と、インタホンで問いかけた。

「あ、充代さんですか。ルイです」

と、女の子の声。

「あら。ちょっと待ってね」

アパートとしては比較的新しいので、一応オートロックになっている。

間を置いてドアを開けると、

「ごめんなさい、こんなに遅く」

と、髪の長い女の子が立っていた。

「私はどうせ夜ふかしだから。入って」

と、充代は言った。

玄関でブーツを脱ぐと、安田《やすだ》ルイは、

「あの――宮里さんは？」

と訊《き》いた。「一緒なんですよね？」

「誰に聞いたの？」

と、充代は笑って、「そういう話はすぐ広まるわね。今日はまだ帰ってない」

「じゃ、ちょっと失礼します」

目をひくミニスカートに、スラリとした脚。

「何か飲む？　コーヒー？」

「インスタントなら……。本格的なコーヒー飲むと眠れなくなっちゃうんです」

「ルイちゃん、今、十九だっけ？」

「そうです」

充代はコーヒーを出して、

「ビデオ、届けといたけど、見た？」

と訊いた。

「はい。そのことで……」

色々言いたいことはあるだろう。――充代には珍しいことではなかった。

AVに出演した子にとって、やはり映像に自分の裸や性行為が映し出されるのを見るのはショックである。

特に安田ルイは、今回が初めてのビデオだ。

「聞くわ。何でも言って」

と、充代は小さなソファにかけて言った。

「あの……私、宮里さんと充代さんにお礼が言いたくて」

ルイの言葉に、充代は面食らった。

「お礼って……」

どう見ても、ルイは皮肉を言っているわけではないようだった。

「何のお礼？」

と、充代は訊いた。

「ビデオに、私一人の場面を沢山入れてくれたからです」

と、ルイは言った。「私――スタッフの人から言われてたんです。『ニコニコ笑ってるところとか、公園を歩いてるところとか、一応撮るけど、それは女の子を喜ばせて、撮影に入りやすくするためだからね』って。『そういうカットはほとんどビデオには入らないんだ』と言われたんです」

「そう聞いてたのね」

「私も、たぶんそうなんだろう、って思ってました。でも、宮里さんがとっても熱心に撮って下さってたんで、少しは使ってもらえるのかな、って……」

「ルイちゃん……」

「で、いただいたビデオを見て、びっくりしたんです。頭の五分近くが私一人の場面で、それも凄《すご》くきれいに撮ってもらってて。――嬉《うれ》しかったんです」

充代はやっと納得して、ホッとした。

「そう思ってくれたら、私も嬉しいわ。確かにね、普通はああいうカットはたいてい一分か二分なの。でも、宮里さん、あなたのことをとても気に入ってた。〈Kビデオ〉の人からは文句も言われたけど、絶対削らない、と言い張ったのよ」

「そうなんですね。——それで、お願いがあるんです」

「何かしら？」

「あの、初めの五分間だけを入れたDVDを作ってもらえませんか」

「それは……」

「個人的に欲しいんです。それと……」

と、ルイはちょっと言いにくそうに、「私が芸能人になれるかもしれない、って故郷の親に見せてやりたいんです」

「分ったわ」

と、充代は肯《うなず》いて、「そんなの、難しいことじゃないもの。何枚かDVDを作っておきましょうね。ちゃんときれいなケースに入れて」

「お願いします！」

そう言ってから、ルイは少し言いにくそうに、「あの……私、あの五分の後の、男優さんとの絡みは、見てないんです。恥ずかしいというか、怖いというか……。どうしても見る勇気がなくて」

「いいのよ。見たくないわよね、それは。ルイちゃんの気持、よく分る」

「ありがとう！」

「でもね、発売になれば、あなたのああいう姿が出回るわ。それは分ってね」

「はい。それを承知で出演したんですから」

ルイはきっぱりと言った。

気持のいい子だ。――充代はそう思った。

「でも、ルイちゃん、どうしてビデオに出る気になったの？」

「お金が必要だったので」

と、ルイは即座に答えた。

どうしてお金が必要だったの？――そう訊こうとして、充代はためらった。

その先は、私が立ち入るべきじゃない、と思ったのだ。そして、そのとき、

「――ただいま」

と、宮里が帰って来た。

そして、ルイを見ると、びっくりして、

「どうしたんだ？　何かあったのかい？」

と訊いた。

「そうじゃないの」

充代が説明すると、宮里も嬉しそうに、

「そう思ってくれたら、俺も嬉しい。いや、ルイちゃんの魅力のせいさ。――よし、もっとカットを増やして、十五分くらいのバージョンを作ろう」

宮里の言葉に、ルイは感激したようだった。

ルイが帰って行くと、宮里はぐったりとして、

「おい……。何か食わしてくれ」

と言った。

「どうしたの?」

「ずっと刑事に調べられてた」

「まあ。じゃ、あの火事のことで?」

「もちろん。放火を疑われた」

「何と言いわけしたの?」

「アパートを出るところを見られていたから、正直に話すしかない。引越して、いらなくなった書類を燃やしてる内に、火がカーテンに燃え移った、と話した。怖くなって逃げたと」

「それで許してくれたの?」

「どうかな」

と、宮里はやっとの思いで立ち上ると、上着を脱いだ。「ともかく放火と失火じゃ大違いだ。何とか納得してくれるとありがたいけどな」

「大変ね」

充代は宮里に後ろから抱きつくと、「でも、あなたが無事で良かったわ」

「うん」

「でも、今夜はもう休んで」

「ああ。しかし……」

「あ、そうだ。何か食べるんだったわね」

と、充代は言った。「ちょっと待ってね」

「思い出してくれて嬉しいよ」

と、宮里は言った。

冷凍のピラフを電子レンジで解凍する。宮里は出て来たピラフをアッという間に食べてしまった。

「そうだわ。奥さんの具合はどう？」

と、充代が訊く。

「久子か。——あまり良くない」

「何かあったの？」

宮里は、手術した方がいいか、迷っていることを話した。

「手術に耐えられるか、心配なんだ。しかし、しなければいつ発作が起るか……」

宮里は息をついて、「——どっちを選んでも、後悔することになるかもしれない」

「そうね……」

充代は何も言わない。意見など言う立場ではないのだ。

ただ、充代は知っている。宮里がＡＶの仕事を始めたのは、妻の入院治療費を払うためだったことを。宮里自身、今の自分を恥じているだろう。

もちろん、宮里が自分の今の本当の仕事を妻に告げていないことも承知だ。

「お風呂に入る？　お湯を入れるわ」

「自分でやるよ」

「いいから。あなたは座ってて」

充代は、浴室に行って、バスタブにお湯を入れた。夜遅いので、あまり音をたてられない。

「――もう入れるわ」

と、浴室を出て来ると、宮里はダイニングのテーブルに突っ伏して眠っていた……。


「ご迷惑かけてすみません」

こちらはお風呂を出て、有里のパジャマを借りて着ている矢ノ内香。

有里が引き受けて、家へ連れて来たのである。

「いいのよ。うちはいつも半分外みたいなもんだから」

と、やけというか皮肉気味に言ったのは、もちろん母の文乃だ。

「何よ、それ」

と、有里が言った。「どうせ部屋はあるじゃない」

香がおずおずと、

「あの……私、ここのソファでも、どこでも寝られます」

と言った。

「大丈夫よ」

と、幸代が笑って、「うちはよく客があるから、部屋はあるのよ」

「はい……」

「疲れたでしょ？　早く寝るといいわ。有里、案内してあげなさい」

「うん。——こっちよ」

有里は二階へと上って、客用の部屋へ香を連れて行った。

「——お祖母《ばあ》様は有名な天本幸代さんなんですね」

ベッドに腰かけて、香は言った。「びっくりしました」

「知ってるの？」

「もちろん！　学校の教室に、複製画が貼ってありました」

と、香は言って、欠伸《あくび》をした。「——すみません、眠くなって……」

「ゆっくり寝て。明日は適当に起こしてあげる」

「はい……」

香はベッドへ潜り込むと、「凄いベッド！　こんなの初めて！」

「おやすみなさい」

「おやすみ……」

そう言いながら、香はストンと眠りに落ちてしまった。

有里が居間へ下りて行くと、

「また何か物騒なことに係《かかわ》ってるんじゃないでしょうね」

と、文乃が難しい顔で言った。

「今のところは、そんなに危い話じゃないと思うよ」

と言いながら、有里としても保証の限りではなかった。

「——どことなく、陰のある子ね」

と、幸代がコーヒーを飲みながら言った。「哀しみがにじみ出てるわ」

「お祖母ちゃん、それって、私が能天気だって意味？」

と、有里が言うと、幸代は笑って、

「そんなこと言ってないじゃないの」

と言った。「まあ、有里が幸せそうに見えるのは確かだけどね」

「あの子、何泊の予定なの？」

と、文乃が言った。

「分んないわ、そんなこと。でも、きっと何でも手伝ってくれるわよ」

「家のことは、私一人で充分よ」

と、文乃は言った。

「今、頼まれてる本のカバーがあるんだけど」

と、幸代が言った。「あの子、イメージに合うわね。明日にでも話してみるわ」

日本の画壇で、すでに「大物」の幸代である。本のカバー用の絵を描くことは珍しいのだが、古い付合の編集者に頼まれてのことだった。

そういう昔からの付合を大切にする幸代のことが、有里は好きだ。

「――まあ、アダルトビデオ？」

話を聞いて、文乃は眉《まゆ》をひそめた。「まさか、有里、出演するなんて言わないわよね」

「お母さん、私、まだ十六歳で、未経験」

と、有里は言った。「コーヒーの味は分るようになったけどね」

「でも、その宮里って人、学校の先生だったんでしょ？」

と、幸代が言った。「どうしてそういう世界に係るようになったのかしらね」

「ほらほら、また物騒な好奇心が動き出した」

と、文乃は幸代を見て、「もういやよ、死んだんじゃないかって心配するようなことは」

「取り越し苦労って言うんだよ、そういうのを」

と、有里がからかった。

しかし――その宮里のいたアパートが火事で焼けたとか、矢ノ内香のバッグから切断された指が出て来たということは黙っていた。

まあ、その内話せばいいや。——有里はそう思っていた。

あの指は、村上が持って行って、指紋のデータにないか調べてみるということだった。

それで何か分れば……。

有里は、宮里と香を、一度ちゃんと会わせなくてはと思っていた。


飲み足りない。

太田猛は、バーの並ぶ通りを歩きながら、不機嫌だった。

姉の充代から少し巻き上げていたものの、この辺の店は安くない。しかし、まだ十九歳の猛は、「顔」で飲んで、つけが利くほどの身分じゃなかった。

「おい、よせよ……」

と、思わず呟《つぶや》いたのは、雨が降り出したからだ。

傘なんか持っていない。

どこかの店に入ろうかと思ったが、懐具合を考えれば難しい。

「景気が悪いや、全く……」

と、フラフラ歩いていて、当然のことながら行き交う者と肩が当る。

「おい、気を付けろ！」

と、猛が怒鳴ると、

「気を付けるのはそっちだろ」

と、言い返して来たのは、同業者らしい白いスーツの男だった。

一瞬、「まずい！」と思った猛だが、今さら「すみません」と下手に出るのもしゃくだ。

「お前のようなガキを相手に本気じゃ怒れねえ。しかし、今は謝れよ。お前の方がぶつかって来たんだ」

妙に凄んだりしない、冷静な口調だが、どこか相手を圧倒する雰囲気を持っている。

こいつ、何者だろう、と猛は思った。

「――失礼しました」

と、猛は詫《わ》びた。「つい、苛《いら》ついてたもんで……」

「よし、素直に謝ったのは偉い」

と、その男は言った。「雨だぜ。その辺の店で一杯やるか？」

「でも……懐が寂しくて」

「お前に払わせやしない。面白い奴だな。ちょっと付合え」

そう言われて、猛はホッとすると、

「はい。じゃ、遠慮なく」

本降りになる前に、二人はその辺りで一番高級なクラブに入った。

中を見回す間もなく、支配人らしい男が飛んで来て、

「これは宗方《むなかた》様！　いつもありがとうございます！」

「奥の部屋は空いてるか？」

「はい、もちろんでございます！　すぐご用意いたします」

と行きかけるのを、

「おい、待てよ。今、客が入ってるんだな？」

「はあ、でも、すぐに空けていただきますので――」

「客を追い出しちゃいけないぜ。俺たちはそのテーブルでいい」

そう言って、宗方と呼ばれた男は空いていた席に座った。

猛はびっくりした。他の客を追い出してでも無理を通すのがこの世界だと思っていた。

こいつはなかなかの「顔役」かもしれない、と猛は思った。

「おい、名前は何というんだ？」

と、宗方は猛に訊いた。

女の子が二人、飛び立つように、猛たちの方へとやって来た……。

6　網の中

もう……飲めませんよ……。

夢の中で、太田充代は何度もそう言っていた。それでもくり返し、ウィスキーのグラスが口もとへやって来る。

無理ですってば！　これ以上は……。もう……。

「もうやめて！」

口に出していたらしい。その自分の声にびっくりしたようで、充代は目を開けた。

まだ夢を見ているのかと思ったが、ベッドのシーツの感触、見上げる天井の汚れ。

「え……。何よこれ……」

これは現実だ。

ああ……。頭が痛い！

飲み過ぎたんだ。それも、好きで飲んだんじゃなかった。

思い出して来た。

ビデオの打上げで、安い居酒屋に行った。

宮里は乾杯だけ付合って、妻の病院へ行くので出て行った。

充代は、宮里が早くいなくなって良かったと思った。ともかく、その後の乱れようが半端じゃなかったのだ。

充代も途中で抜け出したかったのだが、強引に飲まされて、まともに歩けないほどになってしまった。そして……。

「——え?」

血の気がひいた。

ここは……どこかの安ホテルだろう。

毛布をかけた下は、充代は何も着ていなかったのだ。

何も憶《おぼ》えていない。いつ、どうしてここに来たのか? 誰と?

短い光景が点滅するが、男の顔も分らない。

でも……やられたんだ、私。

「まさか……」

ゆっくりとベッドに起き上った。

窓のない部屋で、明りが点《つ》いている。——一体何時くらいなんだろう?

床に目をやると、自分の服や下着が投げ捨ててあった。

ベッドの中に、男の姿はなかった。もう出て行ってしまったのか。

頭がはっきりして来ると、怒りと共に激しい嫌悪感がわき上って来た。

吐き気がして、ベッドから出る。バスルームのドアが開いていた。

裸のまま、バスルームへ駆け込んだ充代は、洗面台に顔を伏せて吐いた。ほんの少しだったが、胸苦しさは痛みとなって、思わず呻《うめ》き声を上げるほどだった。

水を出して、思い切り顔を洗う。——何度も何度も、水を両手に受けて顔に叩《たた》きつけた。

　そして、タオルをつかむと、顔を拭《ぬぐ》ったが……。

　あれ？――バスタブにカーテンが引かれている。

　シャワー、浴びようか。充代はカーテンをシュッと開けた。

　バスタブの中に、裸の男が体を押し込むようにして倒れていた。

「何よ……これって……」

　これも夢？

　まさか本当に……。

　男は仰向《あおむ》けで、胸から腹にかけて、血に濡れていた。

　見上げる目は、うつろで、生きていないことがすぐ分った。

　どういうこと？

　よろけながら、充代はベッドの方へ戻った。

　ともかく――落ちていた下着と服を身につける。そのとき、男の服やネクタイが、椅子の上に掛けてあるのが目に入った。

　自分のバッグを開けてみる。ケータイを取り出すと、午前十時を少し過ぎていた。

「落ちついて……」

　何があったんだろう？――あの出血の量から見て、刺されたかどうかして……。

　男の体に傷があったか、そんなところまで見なかった。

　でも――ともかく、病気で死んだというわけでないことは確かだろう。

状況を考えれば、男は殺されたと言っていいと思われた。誰に殺されたのか？

「――冗談じゃない！」

と、思わず口走った。

私が？　私が殺した？

「そんなわけない！」

酔って、意識もなかったのだ。あんな風に男を殺すなんてこと、できるはずがない。

しかし――どうしよう？

警察へ知らせる？　それが正しいのだろう。でも、疑われるのは当然自分だ。

出よう。ここを出て行こう。

充代はベッドの周りを見て回った。

落とした物、忘れている物はないか？

大丈夫。――それから、充代は、椅子に掛けてあった男の上着のポケットを探った。

札入れが出て来た。一万円札が、三十枚以上は入っているだろう。

お金を盗《と》る気はない。クレジットカードを抜くと、裏のサインに、〈真田《さなだ》良二《りょうじ》〉とあった。

「真田……。そんな人、いたかしら？」

ゆうべ居酒屋に集まったスタッフには、少なくとも〈真田〉という男はいなかった。

「もういいわ。――忘れよう」

ここから出てしまえば、誰にも分るまい。

充代はカードを戻し、札入れを上着のポケットに入れると、ドアをそっと開けた。

エレベーターを待っていると、ドアの開く音がした。中年の男女が話しながらやって来る。

やっとエレベーターが来た。一緒に乗ることになったが、もともとこういうホテルに来る客は、あまり他人と顔を合せたくないはずだ。

充代はうつむいて、じっと息を殺していた。

やっと外へ出ると、深く息をついた。

「何も憶えてない……」

辺りを見回しても、全く記憶はなかった。

ともかく、離れよう。一分でも一秒でも早く。

充代は小走りに、広い通りへと向った。


有里はトーストに目玉焼きをのっけて食べていた。

お昼、一時を過ぎたところだ。

「今日は出かけるの？」

と、文乃が紅茶をいれながら言った。

「うん。——真奈《まな》たちと会う」

「夕飯はうちで食べるの？」

「う－ん……。成り行き」

「はっきりしてよ。仕度しなきゃいけないんだから」

「じゃ、三時ごろまでに電話する。それでいいよね？」

「ちゃんとかけてよ。メールでもいいけど」

と言って、文乃は台所へ立って行った。

テーブルの上の、有里のケータイが鳴った。村上刑事からだ。

「もしもし」

「やあ、起きてたか」

「もうお昼過ぎよ。村上さんは──」

「実はね、今、現場《げんじょう》だ」

「事件の？」

「ホテルのバスルームで男が殺されてた。真田という男で、まだよく分らないけど、どうもまともな仕事はしてなかったようだ」

「その人が何か……」

「うん、死体を見るとね、左手の中指がなかった」

「それって……」

「包帯していて、まだ傷は新しい。例の指と合いそうな感じでね」

「凄《すご》い！　犯人は？」

「分らない。一緒に泊った女は一人で先に出ている。これから調べるところさ」

「あの指の男なら、教えてね」

そう言って、有里は切ったが……。

視線を感じて振り向くと、文乃がこっちをにらんでいる。

「お母さん、あの……」

「何の話？『犯人』って何なの？」

「ちょっと……。大したことじゃないの」

と言ったが、文乃が納得するはずはなかった……。


「確かなのか」

宮里は怒ったように言った。

「そう言われたって……」

充代は目を伏せて、「何も憶えてないんだもの」

「分ってる」

宮里は苛々《いらいら》とテーブルを叩いた。

「怒らないでよ」

充代はちょっと上目遣いに宮里を見た。「あんなに飲まされる前に、何とか帰るつもりだったけど……」

「お前に怒ってるんじゃない」

と、宮里は苦笑して、「お前は悪くない。お前一人残して出て来るんじゃなかった」

「でも、それは私が――」

「その死んでいた男――真田といったか」

「たぶんね」

「全然知らない男なんだな？　しかし、あの打上げと関係ないはずはない。スタッフの誰かが係《かかわ》ってるはずだ」

宮里はそう言って、「俺が何としても突き止めてやる」

「危いことはやめて」

と、充代は宮里の手を取った。

「それより……そいつと何かあったのか」

「それはよく分らないわ」

と、充代はためらいながら、「もし……何かあったら、私のこと、嫌いになる？」

「馬鹿言うな。だが、現実問題として、病院で診てもらった方がいいと言ってるんだ。病気をうつされたり、妊娠したりしてないかどうか」

「怖いこと言わないで」

と、充代は身震いした。

「明日、病院へ行こう。俺がついて行く。分ったな？」

強い口調で言われて、充代は、

「はい」

と肯《うなず》いていた。

「誰かがそいつを殺したわけだ。殺した人間は、当然お前のことも見ている」

「ええ、そうね」

「ぐっすり眠っていたわけだから、目撃者とは言えない。まあ、心配ないとは思うけどな」

「でも、警察に届けなかったわ」

「それは、お前のことが知れたらまずいことになるな。しかし、防犯カメラに映っていても、顔までは特定できないだろう」

「たぶん……大丈夫だと思う。私、警察に目をつけられたこと、ないし」

「おい。――元気出せよ」

宮里は充代の肩を叩いて、「何か食べに出よう。思い切り甘いケーキでも食べたら、元気になる」

「そうね。ありがとう」

二人はアパートを出ると、近くのパン屋を兼ねたレストランに入った。普通の洋食が、なかなかおいしい。

「――あの子のことは大丈夫？」

と、充代が言った。

「矢ノ内香のことか。とりあえず、天本有里という子が、自宅に泊めてくれることになった」

「それなら良かったわね」

「しかし、いつまでも放ってはおけない。ともかく、一度ゆっくり話してみないとな」

「でも、あの手紙には――」

「何か事情があるのだろう」

「それに……どう説明するの？　今のあなたの仕事を」

「言いわけはしたくない」

と、宮里は言った。

「それは分るけど……」

「ともかく、金が必要だったんだ」

宮里は水を飲んだ。

「そういえば、奥様の方は？　手術するかどうか、お医者様と話した？」

「ああ」

と、宮里は肯いて、「久子とも話した。結局、来週手術をすることにしたよ」

「そう！　――良かったわ。奥様も納得してのことなら」

「まあ、冒険ではある」

と、宮里は言った。「手術が長引くと、体力的に問題がある」

「でも、一旦《いったん》始めてしまったら……」

「そうなんだ。外で待つ身も辛《つら》いよ」

食事が来て、二人はしばらく黙って食べていた。

「――おいしかった」

と、充代は言った。「本当に甘いものを食べるの？」

「もちろんだ！」

普段甘いものをあまり食べない宮里だが、今はメニューにあった、たっぷり生クリームののったケーキを頼んだ。

先の暗い見通しばかり考えて、不安がっていても仕方がない。人間は時として、こういう「甘い誘惑」に身を委《ゆだ》ねることも必要なのだ。

「そういえば――」

と、充代もケーキを食べながら、「ルイちゃんからお礼のメールが来たわ」

「ルイから？　まだＤＶＤ用の編集は終ってないぞ」

「そうじゃないの。今度のビデオのギャラが振り込まれたっていうんで、そのお礼。私たちが払ってるわけじゃないのにね」

「律儀な子だな」

宮里は、コーヒーを追加して頼むと、「ギャラを何に使ったんだろう?」

「訊《き》いても言わないのよ。ただ、『お金が必要で』って言うだけ」

「そうか。しかし、何かよほどの事情だったんだろうな……」

と、宮里は言った。


その女の子は、うっすらと目を開けた。

「――目がさめた?」

と、ルイは声をかけた。

しばらくは誰なのか分らなかったようで、ぼんやりとベッドからルイを見ていたが、やがて自分の状態が思い出されて来たようで、

「ルイ……」

と、かすれた声で言った。「どうなった?」

「話さないで。まだ麻酔からちゃんとさめてないのよ」

集中治療室は静かだった。

ルイもマスクをして、無菌状態になって、面会していた。

「二、三分しかいられないの。また明日来るね。手術はうまくいったのよ。良かったね!」

「ルイ……」

古沢美沙《ふるさわみさ》といった。

ルイとは同郷で、中学校では同じクラスだった。といっても、一クラスしかなかったのだから当り前だが。

特別に親しかったわけではないのだが、東京に同じころに出て来て、一緒にアパートを借りることになった。

ルイが、ウェイトレスやコンビニのバイトをしている一方で、古沢美沙は夜遊びに慣れていった。外泊することもしばしばだった。

ルイは、そんな美沙の身を心配していたが、何も言わなかった。

人はそれぞれ。――それがルイの考え方だった。

しかし、やがて当然の如く、美沙は妊娠し、相手の男は逃げてしまった。それでも美沙は強気で、

「中絶ぐらい、どうってことないよ」

と、平気を装っていたものだ。

だが、その費用は結局ルイが出すことになった。さすがに美沙も、

「ちゃんと返すから」

と、申し訳なさそうに言ったのだが――。

そのための入院で、何と胃がんが発見されたのだ。十九歳という若さでは進行が速く、早く手術した方がいいと言われた。

途方に暮れた二人だったが、ともかくルイが何とかお金を作らなくてはならなかった。

「ごめんね、ルイ……」

と、まだ舌足らずな声で、美沙は言った。

「いいから。——ゆっくり休むのよ」

ルイは、美沙の手を握って言うと、「じゃ、また明日」

と言って、美沙のそばを離れた。

手術してくれた担当の若い医師と、廊下で会うと、

「大丈夫だよ、お友達は」

と言われた。「早くて良かった。二、三か月遅かったら、手遅れだったよ」

「そうですか。ありがとうございました」

と、ルイは深々と頭を下げた。「あの……」

と、口ごもる。

「何だい？　気になることでも？」

まだ三十そこそこだろう。ルイにも気軽に口をきいてくれる。

看護師から、

「腕ききの外科医よ」

と言われたが、見たところは穏やかで、呑気《のんき》そうだ。

手術と入院の費用のことまで、ルイはこの医師に相談していた。

「すみません……。あの……手術していただいたら、別にお礼をするもんだと言われたんですが、ちょっとそこまで余裕が……」

「何だ、誰から聞いたの？」

と、医師は笑って、「ちゃんと費用は払ってくれてると聞いたよ。そんなこと、考えなくていい」

「そうでしょうか……」

「いいんだよ」

と言ってから、「君……安田君と言ったっけ」

「はい。安田ルイです」

「僕は栗田了《くりたりよう》だ。——このまま帰るの？」

「ええ、そのつもりで……」

「僕も帰るところだ。どうだい、夕食、一緒に」

「え……」

ルイは何だかわけが分らず、呆気《あつけ》に取られていた……。

7 検討

「じゃ、やっぱり、その殺された人の指だったの」

と、有里は言った。

「うん」

と、村上は肯《うなず》いて、「〈真田良二〉三十九歳。まあ、組員としては中堅どころかな」

「やっぱり指をつめさせられたのかしら？」

「どうかな。今、その組に詳しい刑事が当ってる。しかし、真田は被害者だからな。まあ、仲間内のトラブルかもしれない」

──有里と村上は、かなり古風な喫茶店で会っていた。有里は映画を見ての帰りだった。

「もうすぐ新学期が始まるね」

と、村上は言った。「今度は二年生か。──あんまり物騒なことに係《かかわ》らないように祈ってるよ」

「あ、他人事《ひとごと》みたいな言い方。村上さんのせいもあるでしょ」

「僕は別に……」

と、村上が言いかけると、ケータイが鳴った。「ごめん！」

村上がケータイに出ながら、喫茶店の表に出て行く。

「物騒なこと、か……」

と、有里はコーヒーを飲みながら呟《つぶや》いた。

母、文乃にうるさく言われるまでもなく、有里だって、好きで危いことに首を突っ込んでいるわけじゃない。でも――「好き」というのではないが、犯罪捜査に係ることで、平凡な毎日が充実して感じられることは事実だ。

「――私のせいじゃないわ。そうよ」

たまたま、そういう出来事に出合ってしまうのは、運命というものだろう。

「大丈夫！　私は死なない！　天本幸代の孫だもの！」

理屈にはなっていないが、有里自身が、これで納得してしまうのだった。

村上が戻って来ると、

「すまないけど、行くよ」

と、コーヒーを一気に飲み干した。

「何か事件？」

「乗り出すなよ」

と、村上は苦笑した。「情報があったらしい。真田を殺した人間についての」

「誰なの？」

「まだ事実と決ったわけじゃないよ」

「でも、真田って男の指が、矢ノ内香さんのバッグに入ってたんだよ。私だって関係ある」

「分ってる。しかし、もしかしたら殺人犯かもしれない男の話を聞きに行くんだ。高校生の女の子を連れて行くわけにいかない」

有里としても、ここは村上が正しいと認めざるを得なかった。

「分った。じゃ、気を付けてね」

と言うしかなかったのである。


診察室から、太田充代は弾むような足取りで出て来た。

廊下の長椅子にかけて待っていた宮里は立ち上って、

「——大丈夫だったのか」

と訊《き》いた。

「うん！」

と充代は肯いて、「調べてもらったけど、私、何も、されてないって」

「そうか」

「私の服、脱がして、そのままバスルームへ入って殺されちゃったのね。私、無事だった！」

「良かったな」

と、宮里は充代の肩を抱いて、「今夜は旨《うま》いものを食おう。何がいい？」

「いいのよ、そんな」

と、充代が言った。「それより、奥様の手術があるわ。お金を大事にして」

宮里はちょっと笑って、

「分った。ありがとう。そうするよ」

と言った。

病院を出ると、充代のケータイが鳴った。

「――弟だわ。――もしもし、猛？」

「姉さん、突然で悪いんだけど」

と、猛が言った。

「何よ？　お金ならないわよ」

と、即座に言うと、

「分ってるんだけど……」

と、口ごもる。

そこは姉弟で、何か隠したいことがあって嘘をついているときと、本当に困っているときの微妙な違いは分る。

「どうしたの？　話してみて」

と、充代は言った。

「うん……。実は、ちょっと姿を隠さなきゃいけなくて」

「姿を隠す？　どういうこと？」

「少し……やばいことになってるんだ」

「猛、あんた……。何かやったのね？　言ってみて」

「しばらく逃げなきゃいけないんだ。それで、いくらかでも――」

「何なの？　待って。ね、会って話しましょ。今どこにいるの？」

「今……上野《うえの》駅の近く」

「じゃ、どこか分るところで待ってて。いいわね？」

「うん……」

猛は心細い声を出した。「姉さん、迷惑かけてごめん」

「猛……。いいわ。お金、おろして行くから少し時間をちょうだい。今――二時ね。じゃ五時に上野駅の近くの……何てったかしら、いつか二人で食べた洋食屋さん」

そばで聞いていた宮里が、

「〈K亭〉だろ」

と、小声で言った。

「あ、〈K亭〉だわ。分るでしょ」

「うん。じゃ、何か食べてるよ」

猛が少し元気そうな声で、「五時にね」

——通話が切れると、

「どうしたのかしら」

と、充代は言った。

充代の話を聞くと、

「姿を隠すといっても……。警察に追われてるってことか?」

「あの言い方だと、たぶん……そうね」

「そんなこと無理だろう。まだ十九だろ、猛君は?　ろくに働いたこともないんじゃないか」

「ええ、そうね」

「何かやったのなら、逃げないで自首して出た方がいい。それとも——」

と言いかけて、「警察に行けない事情があるのか、だな」

「あの子ったら……。ともかく会って話すわ。お金は……少しは持って行かないと」

「よく言って聞かせるんだ。何か分らないが、まだ十九なんだ。やり直せる」

「ええ。——ごめんなさい、心配かけて。私アパートに戻るわ。少しなら現金もあるし」

「分った。もし、一緒に行った方が良ければ……」

と、宮里は言ったが、「いや、猛君はいやがるだろうな。何かあれば連絡してくれ」

「ありがとう……」

そう言って、充代は地下鉄の駅へと駆け出して行った。


「少しうつ向き加減に。――そうそう。視線はどこか遠くを見ているように」

と、幸代は言った。「うん、そのポーズが自然でいいわ」

幸代は手早くスケッチすると、

「ご苦労さま。――今のイメージで描いていくけど、必要なときは、またモデルになってね」

――天本家のアトリエである。

矢ノ内香は、幸代の選んだ有里の服を着て、モデルになっていた。

「疲れた？　じっとしてるのって大変よね」

「いいえ。そんな……。天本さんに描いてもらうなんて、信じられない」

「そう？　私はただの絵描きよ。あなたの中に、描きたくなるものがあるの。だから描く。――あなたは何か人に言えない重い記憶を背負ってるわね」

幸代の言葉に、香はハッとしたように目を伏せた。

「私は別にあなたの秘密を暴こうと思ってるわけじゃないわ。人は秘密を抱えているものよ、誰でもね」

「はい……」

と、香は小さく肯いた。

「さあ、お茶にしましょう」

と、幸代が促した。「文乃が焼いたクッキーは、なかなかいけるのよ」

アトリエに紅茶とクッキーの香りが漂った。

文乃はテーブルにお盆ごと置くと、

「終ったら、知らせて」

と、矢ノ内香に言った。「さげに来るから」

「私、持って行きます」

と、香は言ったが、文乃が何か言いたげにしているのに気付いて、「――はい、お知らせします」

と、言い直した。

文乃がアトリエを出て行くと、

「愛想が悪くてね」

と、幸代が微笑んで、「あなただからってわけじゃないの。いつもあんな風なのよ。気にしないで」

「いえ……」

「さ、飲んで。クッキー、つまんでね」

「いただきます」

香はティーカップを取り上げて、「――凄《すご》くいいカップなんでしょうね」

と言った。

「それで、私が運ぶのを――」

「まあ、いくらかはね」

と、幸代は肯いて、「アウガルテンの、とても文乃が気に入ってるカップなの。でも、本当に気に入らない相手には、もっと安物のカップを使うから、大丈夫」

まだ温いクッキーをつまんで、

「香ばしいですね！　――おいしい！」

と、香はため息をついた。「家でこんなにおいしく作れるんですね！」

「良かったら、文乃に作り方を訊くといいわ。喜んで教えてくれるわよ」

「はい。でも……」

と、香は紅茶をひと口飲んで、「作ってあげる人もいません」

幸代は肯いて、

「そのようね」

と言った。

幸代は「身許《みもと》調査」のようなことは訊かない。話せるものなら、自分から話すだろう
というのが幸代の考えだ。

「──文乃さんが気を悪くされるのも当然です」

と、香は言った。「どこの誰とも分らないのに、転り込んで……」

「有里が連れて来たんだから。あなたはのんびりしてていいのよ」

「そういうわけにも……」

「有里から聞いただけじゃ、どんな事情か分らないわね。気が向いたら話してちょうだい」

「ありがとうございます。でも、これ以上ご迷惑かけるわけには……」

「うちはそういうことに慣れてるの」

と、幸代は紅茶を飲みながら言った。「文乃の紅茶のいれ方は立派なものだわ」

「すてきですね。そうやって、誰からも認めてもらえる才能があるってこと」

「あなたにだって、きっと何かあるわよ」

「私はちっとも……。『あんたには、一つもいいところがない』って言われました」

「誰がそんなことを？」

「──母です」

と、少したためらってから言うと、「亡くなりましたけど」

「宮里先生っていう人が、あなたを認めてくれたということね？」

「認めてくれた、というほどのことでも……。ただ、私が本を読むことが好きなのを、とてもほめてくれました」

「その先生を頼って上京して来たのは、お母様が亡くなられたからなの？」

香はクッキーを一つ二つつまむと、

「母も——父も亡くなったんです」

と言った。「三か月前。——家が火事で焼けて、そのときに」

「まあ、そうだったの」

「私は——一人っ子で、家には私と両親しかいなかったのですけど、私一人が無事で」

「逃げられたのね？」

「よく憶《おぼ》えていないんです」

と、香は眉《まゆ》を寄せて、「ふしぎなんですけど……」

「ふしぎ？」

「ええ。——眠っていて、私、気が付くと、火に囲まれていたんです。唯一、玄関の戸が目に入って、そっちへ逃げて、外に出ました。父も母も、捜しに戻ることはできなくて……」

「それはそうね」

「家は古い木造で、すぐに火に包まれてしまいました。近所の人たちが駆けつけて来たとき、私は一人で道に立って、燃えている家を眺めていたんです」

と、香は言った。

「それで一人ぼっちに？」

「はい。——でも、近所の人は、私が家に火をつけたんじゃないかと……」

「どうしてそんな……」

「私一人が無傷で助かったからです。実際、あんな火の中から出て来たのに、火傷《やけど》一つしていなかったんです」

「でも、警察が調べたんでしょう、もちろん？」

「はい。でも、結局火事の原因はよく分らなかったんです。ただ、私一人が生き残ったので……」

「それで、近所の人たちが疑っていて、あなたは町にいられなくなったのね」

「住む所もなくて。親戚《しんせき》もありませんでしたし、私を置いてくれるようなお宅もなくて……。私は、しばらくお寺に厄介になっていました」

「そう」

「でも、いつまでも、というわけにも……。それで、思い立って……」

と、香は言った。「私、焼け出されたときはパジャマ姿だったんですけど、あの先生のハガキだけは、寝るときもパジャマの胸ポケットに入れていたんです。——親に見付かったら、取り上げられてしまうかもしれない、と思っていて」

「じゃあ、帰る所もないわけね」

と、幸代は言った。「ここでのんびりしていればいいわ。モデルのアルバイトをしてるってことで」

「すみません」

香は謝るしかない様子だった。

「その宮里先生と、一度ゆっくり話した方がいいでしょうね」

「もちろん、そうできれば……。でも、きっと先生も迷惑だと思っておられると……」

「生きていくってことは、多かれ少なかれ、他人に迷惑をかけることよ。お互いさま、と思っていればいいのよ」

幸代はクッキーをつまんで、「あと一つよ。食べてしまいなさい」

「はい！」

香は若い娘らしい、嬉《うれ》しそうな声を出して、最後のクッキーを口へ入れた。

8　行き止り

「姉さん」

店の奥のテーブルから猛が手を振っているのを見て、太田充代はホッとした。

いつもの呑気《のんき》な猛がそこにいた。あの電話での、切羽詰った様子は何だったのか？

「どうしたのよ」

と、席にかけて、充代は言った。「とんでもないこと言うから――」

「ここのカニコロッケ、旨《うま》いね。メニュー見て思い出してさ」

「良かったわね」

充代は苦笑して、何も頼まないわけにいかないので、「――じゃ、ハヤシライス」

と、ウェイトレスに言った。

「それで、隠れなきゃいけない、ってどういうこと？」

と、充代は声をひそめた。「何をやったの？」

「何も」

と、猛がアッサリと言ったので、充代は呆《あき》れた。

「どういう意味？」

「つまり、俺はやってない。でも、俺がやったことにして、逃げる」

充代はしばし言葉を失っていたが、

「――猛、それって何なの？」

「俺のこと、見込んで頼んでくれたんだよ。凄《すご》く偉い人でさ、あんまり知られてないけど、その世界じゃ有名なんだ」

「でも――あんた、やってもいないのに……」

「だから、やったことにすりゃ、俺も有名になれるんだ。でも、全然逃げないんじゃおかしいだろ？　だから――」

「でも捕まったら、あんた……」

「そのときは何年か食らうけど、それは辛抱してさ。出て来たときは幹部になってるんだ」

と、猛は得意げに言って、「いくら持って来てくれた？」

充代は、しばらく返事ができなかった。——水をガブガブ飲んで、息を吐くと、

「猛……。それって、利用されてるだけじゃないの。やってもいないことで、刑務所に入る？　馬鹿げてる。よく考えてごらん。出たときは偉くなれるって、誰が保証してくれるの？」

「姉さんには分らないんだ。宗方さんがどんなに凄い人か」

「宗方っていうの、その人」

「あ、いけね」

つい口をすべらせた猛が口に手を当てた。

「何者なの、その宗方って？」

と、充代は身をのり出して、「会わせてちょうだい！　姉さんが話をつけてやる」

そこへ、

「お待たせしました」

早々とハヤシライスが出て来た。

「——食べろよ」

と、猛が言った。

「そんな気分じゃないわよ」

充代が水を飲む。すると――。

「注文したものは、ちゃんと食べるのが礼儀だよ」

と、声がした。

「――え？」

背中合せの席へ振り返ると、

「あんたの弟は、俺に命を預けたんだ。今さら取り戻せない。諦《あきら》めるんだね」

と、向うを向いた客が静かに言った。

充代は、しばらくしてから、

「あなたが――宗方……」

「忘れることだ。憶《おぼ》えていたら、誰かにしゃべるだろ。宮里という男とか」

「どうしてそんなこと――」

「あんたが忘れないと、周囲の人間にけが人が出る。場合によっちゃ命を落とすことも」

充代は青ざめた。言ったことは遠慮なくやってしまう男だと感じた。

「――どうしろというんです？」

「そのハヤシライスを食べて、弟に金をやって、それからこの店を出る。外へ一歩出たら、何もかも忘れる。そうするしかないんだよ」

「言っただろう。弟はもうあんたの手の届かない所にいるんだ。——これが世の中ってものさ」

宗方は立ち上ると、充代たちのテーブルの伝票を取って、「ここは払っておく。なに、礼はいらない」

そして、足早にレジへと向った。

充代は弟を見つめた。もう遠くに行ってしまったように思えた。

「——三十万あるわ」

と、充代は封筒を置いた。「今はこれしか……」

「いいよ。ありがとう」

猛は封筒を上着の内ポケットへしまうと、「じゃ、俺、行くよ」

「猛。——連絡して」

「落ちついたらね」

そう言って、猛はニヤリと笑うと、店を出て行った。

充代はしばらく目の前のハヤシライスをじっと見ていた。

ウェイトレスがそばを通って、

「召し上らないんですか?」

「え?」

「でも、猛は——」

注文したものは食べるのが礼儀……。

「いえ、いただくわ、もちろん」

「ごゆっくり」

充代は、大分冷めてしまったハヤシライスを、ゆっくりと食べ始めた……。


「それじゃ、あの娘さんは天本さんのお孫さんですか」

と、宮里は言って、「いや……天本幸代さんがここへおいでになるとは……」

と、幻でも見ているかのように、改めて幸代に目をやった。

「今、こちらにお世話になっていて」

と言ったのは、幸代に付き添われて来た矢ノ内香である。

宮里のいるアパートへ、二人してやって来た。

「突然お邪魔して」

と、幸代が言った。「もちろん、私と香さんは赤の他人です。でも、たまたまこうしてうちに泊ってもらったりしているし、人の縁というものは大切だと思っているものですから」

「恐縮です」

と、宮里は言った。「教え子のことで、すっかりお世話になってしまったようで」

そして、香が一人で東京へ出て来た事情を聞くと、

「――そんなことがあったのか」

と、宮里は首を振って、「私もこっちへ来てから色々とあって……。あの町で何が起っていたのか、知る機会もありませんでした」

「それはよく分ります」

と、幸代は言った。「ただ、香さんは、今のあなたのお仕事などについて、どうして――」

「それは分ります」

と、宮里は肯《うなず》いて、「決して違法なことをしているわけではありませんが、望んで選んだ仕事ではないのは確かです」

宮里はちょっと間を置いて、

「お茶も差し上げずに、すみません。一緒に暮している女が、ゆうべ帰らなかったもので」

「あの、太田充代さんという方ですね」

と、香が言った。

「うん。――もちろんお前も知ってる通り、私には妻がいる。しかし、こっちへ出て来て間もなく体調を崩して……。いや、言い訳になりますが、ともかく余裕のない生活で、病院で検査を受けるのが遅れたのです。ある日、帰って来ると、家内が倒れていて……。入院させたところ、難しい場所のガンだと言われました。手術するかどうか、迷ったのですが、ともかく薬での治療を始めました。——それがかなりの費用でして。教師はすでに辞めて、知人のつてを頼って映像関係の仕事をしていたのですが……」

「それがきっかけで？」

と、幸代が訊《き》く。

「はあ。私が金に困っているのを知った、一回限りのスタッフが、『AVならいい金になる』と、持ちかけて来ました」

「そうだったんですか」

と、香は言った。

「家内には、ドキュメンタリーの制作会社にいると話してあって。幸い、と言っていいのかどうか。一日二日で撮る仕事を何とかこなして、仕事も増えて。——家内は来週手術することになりました」

と言って、目を伏せると、「他に稼げる仕事があれば、とはいつも考えています。しかし、忙しくてそこまで手が回りません」

「分ります」

「そして、いつも一緒に仕事をしている太田充代が、何かと力になってくれて……。そういうわけです」

「分りました」

と、香は言った。「お話を聞いて、納得できました」

「いや……。ともかく、びっくりはしたが、頼って来てくれて嬉《うれ》しいよ」

宮里は微笑んだが、「ただ、そんなわけで、お前に何もしてやれない。すまないな」

「いいんです。そんなこと。——私、仕事を探して、一人でやっていきます。もちろん簡単じゃないでしょうけど、住み込みの仕事とか、何か見付けて。いつまでも、天本さんのお世話になっていられませんから」

「うん。俺も、何かいい仕事の口がないか、気を付けておく」

「はい。ありがとう、先生」

「『先生』と呼ばれると、ちょっと辛《つら》いな」

と、宮里は苦笑した。

「では、もう失礼しましょう」

と、幸代が言うと、香も、

「はい。先生、お元気で。奥様も回復されるといいですね」

「ありがとう。お前も何かと用心しろよ」

宮里は立ち上ると、玄関でサンダルをはいて、ドアを開けようとした。

そこへ足音がしたと思うと、ドアが外から開いて、充代が入って来た。

目の前にいた宮里に抱きつくと、

「どうしよう！　あの子が——猛がとんでもないことになっちゃったの！」

と、涙声で訴えた。

「おい、充代──」

「やってもいない人殺しの罪を負わされて、逃げるって言うのよ。騙《だま》されてることが分らないの！　私、どうしていいのか──」

そこまで言って、充代は幸代たちに気付き、

「あ！　──ごめんなさい！」

と、あわてて宮里から離れて涙を拭《ぬぐ》った。

「まあ、香ちゃんね」

「はあ……」

香が面食らっている。

「ちょうどお客さんがお帰りになるところだ」

と、宮里は言って、「すみません、天本さん。ちょっと──面倒なことになっていて」

「そのようですね」

と、幸代は言った。「何でしたら、お話を伺ってもよろしいですよ」

「とんでもない！　天本さんにそんな──」

「ええ、忘れて下さい」

と、充代は言った。「あなたにも言うなと言われてるの。事情を知ったら、危い目にあうと……」

「そういう場合はね」

と、幸代が言った。「大勢の人が知った方が、却《かえ》って安全なんです。一人二人ならともかく、十人も二十人も、危い目にあわせられないでしょ。ニュースになりますからね」

「はあ……」

「よろしかったら、話してみて下さい。それと――できたら、お茶も一杯、いただきたいわ」

と、幸代は言った。


「間違いありません」

と、その女は言った。「あれは良二さんです」

ハンカチを目に当てると、

「まともな仕事をして、って頼んでたんですけどね……」

「それで、君は真田良二と同棲《どうせい》してたってことだね」

と、村上は言った。「結婚はしてなかったの？」

「ええ。良二さんが、面倒がって。――どこかに奥さんがいるんじゃないかって思ってました」

死体を確認した後、警察へやって来た女は、加東秀子《かとうひでこ》といった。

「君がホステスをしていて、真田が客だったと……。いつごろから一緒に暮し始めたんだ？」

「まだ最近です。三か月くらい前かしら」

三十五歳と言っていたが、見たところはもっと老けている。

「どんな仕事をしてたんだ？」

「私もよく知らないんですよ」

と、加東秀子は肩をすくめて、「どこかの組の事務所に出入りしてたみたいですけど。そこでときどき用事を頼まれたり、こづかい稼ぎしてたようで」

「指をつめてた。見ただろ？」

「ええ。びっくりしました。今どき、あんなことやるんですね。ヤクザ映画の中だけなのかと思ってた」

「どうしてあんなことになったか、聞いたかい？」

「指つめてから、アパートには戻って来てなかったんで、何も知りません。でも、あんなの痛いでしょうね。そのくせ、女とホテルに入るなんて！」

「女が誰なのか、心当りは？」

「分りませんね。まだそんなに深い付合じゃなかったんです」

と、首を振って、「ただ——電話があって」

「いつごろ？」

「ホテルに入ったころじゃないですか。誰か一緒みたいでした」

「どんな話をしたんだ？」

「アパートに誰か来なかったか、って訊いてきました。でも、私もバーに出てるし、留守中だったら、分らないですもの」

「すると——誰に殺されたか、思い当ることはないんだね？」

「でも、そのときに言ってました。『太田って男から何か言って来たら、知らせてくれ』って……」

「太田？」

「そういう名前だったみたい。その人と会いたくないんで、アパートに戻ってなかったようでしたね」

「太田ね……。どういう男か、言ってた？」

「何だか怖がってましたよ。——ああ、そうそう。太田猛っていうんです。私にメモさせてた」

「太田猛か。——調べてみよう」

「これでいいですか、帰って」

と、秀子は言った。

「ああ。何か訊くことがあればケータイにかけるよ」

「分りました。——どうも」

秀子は淡々として、立ち上った。

——表に出ると、秀子はケータイを取り出して、

「――もしもし、加東です。――今、警察で話して来ました。――ええ、太田猛って名前を言っときました」

秀子は何となくチラッと左右へ目をやって、「これでいいんですよね？　借金、帳消しにしてくれるんでしょ？――約束ですよ。お店に迷惑かけたくないし……」

話しながら、秀子は歩き出した。

「お腹空《す》いちゃったわ……」

と、ケータイをバッグに入れると、「借金帳消しだけじゃなくて、少しは礼金をもらってもいいよね」

舌打ちして、

「最初からそう言っとくんだった！」

もちろん、相手が相手だし、怒らせたくはないけれど、一応警察に嘘をついて来たのだ。

五万や十万、もらってもばちは当らないだろう。

安い丼物の店に入って、

「天丼一つ」

と、注文すると、二、三分でアッという間に出てくる。

少し考え込みながら、天丼を食べていたが――。

ケータイが鳴って、びっくりした。今、かけようかと思っていたところだ。

「——加東です。——いえ、どうも。——はい、そりゃもうよく分ってます」

と言ってから、「それで、あの——。いえ、ちょっとお願いしたいことがあって……」

あくまで遠慮がちに、

「いえ、どうしてもってわけじゃないんですよ。もちろん、ありがたいと思ってます。借金がなくなるだけでも、こんなに嬉しいことありませんよ。ただ……ねえ、私、もし後でばれたら、捕まっちゃうかもしれないでしょ？　そう思ったら、その……何ですね、できたら、でいいんですけど……」

遠回しに言っていると、向うが察してくれた。

「——ええ、そういうことなんです！　わがままかもしれませんけど、私も、今日明日の食事もやっと、って状態でしてね。もし、できれば……」

秀子の顔がパッと明るくなった。「——本当ですか！　ありがとうございます！　どこへでも伺いますよ。——ええ、本当にどうも……」

ケータイで話しながら、秀子は何度も頭を下げていた。そして切ると、

「やった！」

と、思わず笑みを浮かべて、急いで天丼を食べてしまった。

店を出て、地下鉄の駅へと歩いて行くと、ケータイが鳴った。

「——もしもし、由美《ゆみ》？」

「お母さん、今、どこ？」

と、女の子の声が、「アパートにいないから、どこに行ったのかと思って」

「ごめんね。ちょっと用があって、警察に行ってたの」

「え？　何かやったの？」

「違うわよ！　この真面目なお母さんに何てことを」

「自分で言ってら」

と、由美は笑って、「買物しとくもの、ある？」

娘の由美は今、十四歳の中学生だ。娘がいるということは、今の店にも言っていなかった。他のバーで働いていたときの客と付合っていて妊娠したのだが、男はいなくなった。今のバーのママが、「客と付合う」ことを嫌っていて、うるさいのだ。

というわけで、実際は由美と二人暮しだが、店には一人暮しと言ってある。

今度の話が秀子に持ちかけられたのも、秀子が一人住いだと思われていたからだ。真田と同棲していたことにして、真田の死体を確認し、〈太田猛〉の名前を刑事に伝えれば、前の店への借金を帳消しにしてくれることになっていたのである。

真田のことは、前の店に何度か来ていて知っていたが、何かへまをして、指をつめさせられ、それで済まずに、口をふさがれたのだろう。

「買物より、由美、隣の駅ビルで何か食べない？　ちょっとお金が入ることになってるの」

「本当？　私、ピザがいいな」

「いいわよ。じゃ、五時に駅前のベンチの所で」

「うん、分った」

秀子が、自分でも分っているくらい、だらしのない生活をしている分、娘の由美はしっかり者で、お弁当も自分で作って持って行くし、夕飯も器用にこしらえる。

たまには外食もいい。——秀子は、約束の十万円をもらったら、由美に何か着る物を買ってやろう、と思っていた。

秀子は地下鉄の駅へ、階段を急ぎ足で下りて行った……。

9　叫び

「よく食べたわね」

と、加東秀子は半ば呆《あき》れて言った。

「大丈夫だった？　お金ないの？」

と、娘の由美が訊《き》く。

「お店出てから言っても」

と、秀子は笑って、「これぐらいは平気よ」

「良かった！」

嬉《うれ》しそうな娘の様子を見て、秀子の胸が痛んだ。

駅前のピザ屋で、ピザとスパゲティを食べた。

由美にとって、「思い切り食べる」ってことは珍しいのかもしれない。

いつも文句を言わない子だが、今夜の食べっぷりを見ると、秀子は辛《つら》くなった。

「クラブの方はどうなってるの？」

と、秀子は訊いた。

由美に学校のことを訊くのは珍しい。由美の方も、面食らったようで、

「どうして？」

「どうして、ってこともないけど、確かバレーボール部に入ってたでしょ」

「うん、やってるよ」

と、由美は言った。「ちゃんと練習にも出てるし」

由美が何となく目をそらしている。

「──何かあるのね？」

と、秀子は言った。

「別に……。今度、遠征試合があるの。連休があるでしょ？　そのときに」

「行くの？」

「一泊だから……。バス代、宿泊代入れると、三万円くらいかかるの。だから、行かな

い、って言ってある」

ことさらに明るく言い切った娘の言葉に、秀子は少しの間、何とも言えなかった。

どうしてひと言、相談しないの？

そう言ってやることもできたが、相談されたからといって、

「大丈夫だから行きなさい」

と、その場で返事ができたかどうか。

「由美……」

「行っても、出られないかもしれないし。レギュラーがちゃんとしてるから、うちのチーム」

と、由美は言った。

「行きなさい」

と、秀子は言った。「それぐらい大丈夫だから。今からでも申し込めるんでしょ？」

「でも、お母さん――」

「言ったでしょ。明日、お金が入ることになってるの。それぐらい何とかなる」

「だって……。行くなら、お揃いのパーカーも買わないと」

「分ったわ。行ってらっしゃい。たまにはお母さんも一人になりたいわ」

「あ、それって私が邪魔みたい」

と、由美は笑って、「――いいの、本当に？」

た。

「ありがとう！」

由美がギュッと手を握ってくる。――その力強さに、秀子は涙が出そうになって困った。

「ええ、もちろん」

アパートに帰ると、

「由美。先にお風呂に入りなさい」

と、秀子は言った。

「うん」

「そのお金、明日でなくても間に合うの？」

「大丈夫。今週一杯で申し込めばいいことになってる」

「じゃ、用意するから」

「ありがとう」

と、由美はもう一度言って、お風呂にお湯を入れた。

小さなユニットバスだ。

「――入って来るね」

と、由美は服を脱ぎながら言った。

秀子は、台所の引出しから預金通帳を取り出した。

残高を見ても楽しかったことはない。

ことに借金を抱えていたせいで、いつも追われる気持があった。

でも、その借金は帳消しになって、他に明日は十万円が手に入る。

久しぶりに、秀子はホッとした気分になっていた。

戸棚のガラス戸に映った自分を見て、

「老けちゃったわね――」

と、しみじみ呟《つぶや》く。

まだ三十五なのだ。

しかし、このところ、めっきり白髪が増えて、もう五十代かという印象だ。

「少し考えないと……」

今のままの暮しでいいのだろうか？

といって、秀子には特別な技能はない。

今から何か勉強して身につけることができるだろうか？　それには、今の仕事では難しい。

由美は十四歳。今、中学二年生だから、再来年には高校受験がある。

どうしよう。――高校入学のための費用を作らなくては。

一年や二年、すぐにたってしまう……。

秀子は苦笑して、

「突然考えたって、どうにもならないわよね」

と呟いた。

普通の母親なら、もっと前から計画を立てて、少しずつでもお金をためるだろう。

お風呂から、由美が何か歌を口ずさんでいるのが聞こえてくる。

こんなこと、初めてだ。

いや、初めてじゃないのかもしれない。秀子が気付かなかっただけで。

「ごめんね、由美」

と、秀子は言った。「これから、もっと考えて生きるようにするわ」

自信はなかったが、口に出して言うことで、自分に対して約束したつもりだった。

そう、今からだって、やり直すことはできる。

とりあえず、夜、いつも飲む缶ビールを、今夜はやめておくことにした……。

翌日の午後、秀子はアパートを出て、約束の場所へ出かけて行った。

公園といっても、小さな遊び場という所。

午後も少し遅くなると、遊んでいる子供もいない。

雨になりそうで、秀子はベンチにかけて、空を見上げていた。——そろそろ約束の時間だけど。

秀子は、ゆうべの嬉しそうな由美の様子を思い出して、つい微笑んでいた。何だか、初めて母親らしいことをしてやれたような気がして、胸が熱くなったのだ。

そうだわ。これからだって遅くない。

何か新しい生き方を探して、由美と二人で頑張ってみよう。あの子のためと思えば、きっとできる……。

そのとき——公園の前に、車が停《と ま》った。

そして男が一人降りてくると、秀子の方へやって来た。

「秀子さん？」

まだ若い、二十四、五かと見える男だった。

「ええ。あなたは？」

「使いの者です。車に乗って下さい」

「車に？　でも……」

「そう言われて来たんで」

「そうですか」

わざわざ車で呼ばれるほどのことでもないように思ったが、「あの——工藤《く ど う》さんのお使いの人ね？」

「そうです。工藤さんが事務所で待ってますんで」

「じゃあ……」

言われるまま、その車に乗った。若い男は後部座席に秀子と並んで座った。運転しているのは別の男だ。

　車が走り出して、少しすると、秀子のケータイが鳴った。

「――はい」

「もう車かな?」

「工藤さん。何か私にご用ですか? 私は昨日のお約束のものだけ――」

　と言いかけると、工藤は、

「嘘をついちゃいけないぜ」

　と言った。

「――え?」

「お前は一人暮しだと言った。だから真田の件を任せたんだ。娘がいたんだな」

「あ……。でも、まだ子供ですよ。それに、警察じゃ、ちゃんと話をしましたよ」

「お前の話を信じてりゃいいが、嘘だと分ったらどうする。お前が俺の名をしゃべる。そうなりゃ、上の方が迷惑するんだ」

　淡々とした言い方が、却《かえ》って怖い。秀子は青ざめた。

「すみません。借金でずっと苦しんでたんで……。つい、お話のあったときに――」

「嘘をついた償いをしてもらわないとな」

　と、工藤は言った。

　そのとき、秀子は脇腹に硬いものが押し当てられるのを感じた。

ハッとして見下ろすと、若い男が拳銃《けんじゅう》を押し当てていた。

「工藤さん……」

「本当なら、そこでお前を始末して、道端へ放り出して終りなんだぜ」

「あの……勘弁して下さい……。工藤さんのお名前は決して出しません」

声が震えた。

「俺は親切だからな。指一本つめるくらいで許してやってもいい。だけど、お前の指なんかもらってもな」

「お願いです、何とか見逃して……」

「うん。助けてやってもいいって気になったんだ。写真を見たときにな」

「写真？」

「そこにいる若いのが、お前と娘が歩いてるとこを写真に撮った。なかなか可愛いじゃないか、お前の娘」

「工藤さん……。娘には関係ないでしょ」

「そうかな？　娘に訊いてみよう」

「お願いです！　娘のことは――」

秀子は、いきなり拳銃で頭を殴られて、苦痛に呻《うめ》きながら、座席にうずくまってしまった……。

「お願いです」

と、太田充代は言った。「弟が殺されるようなことには……」

「それは分ってますよ」

と、村上刑事は言った。「しかし、弟さんも困ったもんだな。そんないい加減な話にコロッと騙《だま》されて」

「姉として恥ずかしいです」

と、充代は目を伏せた。

「あなたが恥じることはないわよ」

と、幸代が言った。「もう十九歳といえば立派な大人です。もちろん命は大切だけど、少し怖い思いをした方がいいわ」

宮里と充代のアパートで、充代は真田とホテルに行ったことを告白し、さらに充代の弟、太田猛が、やってもいない殺人の罪をかぶって逃走するということも打ち明けた。

それを聞いて、幸代と香は充代を村上刑事の所へ連れて来たのである。

「弟の名前は〈太田猛〉だね」

と、村上は言って、「わざわざその名前を言いに来た女がいる」

村上は、加東秀子のことを話して、

「話を聞いてるときから、こいつは金で言わされてるな、と思ったんですよ」

「すると、その女に言わせた人間がいるわけね」

と、幸代が言った。「そこから、充代さんの会った宗方という男につながるでしょう」

「確かに」

と、村上は肯《うなず》いて、「宗方という名は知っていますが、顔がよく分らない。宗方を逮捕できれば何よりです」

太田猛が「代役」であることが分ったら、充代が心配をするように、猛にはもう価値がなくなる。

「加東秀子に会って来ましょう」

と、村上は言った。「偽証罪に問われることになることを、よく分ってないからな、きっと」

「私も行きます！」

と、充代が言った。

「私たちもご一緒しましょ」

と、幸代が言って、一同はほとんどハイキングのようになってしまった。


「ただいま」

由美は玄関の鍵《かぎ》を開けて中へ入った。

いつも帰宅するころには母親は仕事に行っているので、いないことは分っている。それでも、暗い部屋の中に向って、「ただいま」を言うことにしていた。

玄関を上って明りを点《つ》けると、

「キャッ！」

と、声を上げて飛び上りそうになった。

部屋の中に男が二人、座っていたのだ。

すぐに逃げ出そうかと思ったが、そうする前に、男の一人が、

「逃げない方がいいぜ」

と言った。「お前も母さんが大事だろ」

「え……」

由美はわけが分らなかったが、「お母さんが……どうかしたんですか」

「お前の来るのを待ってるんだ。早く行ってやらねえと、可哀そうなことになる」

ただごとじゃない、ということは由美にも分った。その男たちは、どう見てもまともな職業についているとは思えなかった。

「お母さんは……どこにいるんですか？」

「俺たちが連れて行ってやるよ」

と、男たちが立ち上った。

由美は反射的に逃げ出しそうになったが、

「母さんと話をさせてやるよ」

と、男が言ったので、動きを止めた。

　男はケータイを取り出すと、

「――もしもし。――今、娘が帰って来ました。ここにいます」

　そしてケータイを由美へ渡した。

「もしもし？」

「由美……」

「お母さん、どうしたの？　何があったの？」

「来るんじゃないよ！　ここへ来ちゃだめ！」

　母の声がおかしい。震えて、上ずっている。

「お母さん、どうかしたの？」

　すると、男の声に代って、

「お前の母親はちょっと痛い思いをしてるんだ」

「え？」

「ちょっとした事故でな、指を一本失くしちまったのさ」

　由美は、男の笑いを含んだ口調にゾッとした。お母さんの指を……。

「由美！　母さんの指なんかどうでもいいから、逃げなさい！」

　という母の叫び声が聞こえた。

　そして、続けて恐ろしい悲鳴が聞こえたのだ。

「お母さん！」

「――お前がここへ来ないと、もっと叫び声を上げてもらうことになるぜ」

「行きます！　すぐ行きますから、お母さんにひどいことをしないで！」

由美は必死で言った。

10　出直し

由美は、じっと眠っている母親の顔を見つめていた。

痛み止めと鎮静剤が点滴で入れられて、秀子は眠っていた。

由美が涙をハンカチで拭《ぬぐ》っていると、

「具合はどうだい？」

と、声をかけられて、立ち上った。

「あの――ありがとうございました」

と、由美は言った。「お母さん、よく寝てます」

「そうか。ひどい目にあったもんだ」

と言ったのは、村上刑事だった。

「本当に……命の恩人です」

と、由美が深々と頭を下げると、

「いやいや」

村上が首を振って、「礼を言うなら、僕じゃなくて、天本さんに」

と言った。

「はい。あの女の方……。画家の方ですよね」

「そうなんだ。一度、お礼を言いに行くといい」

「はい、必ず」

と、由美は肯《うなず》いた。「この病院も……」

「うん、天本さんのよく知ってる人なんだ、院長がね。お母さんのことは大丈夫。もちろん、失くした指は戻らないが」

病室から廊下へ出ると、由美は村上から天本幸代の連絡先を聞いた。

――村上が、「礼を言うなら天本さんに」と言ったのは……。村上が運転する車で、太田充代や天本幸代、香、それから有里も――宮里と充代のアパートでの出来事を聞いて、じっとしていられず、村上の所へやって来ていた――一緒に、加東秀子のアパートに着いたときだった。

「あのアパートらしいな」

と、村上が車を停めようとすると、そのアパートの前に停《と》まっていた車に、十四、五歳と見えるブレザーを着た女の子が、いかつい男たちに押し込まれるように乗ったのである。

「村上さん」

と、幸代が言った。「今の、見た？」

「ええ。何だか——穏やかじゃないですね」

その少女を乗せた車が走り出す。

「あの車を尾《つ》けて」

と、幸代が言った。

「え？　でも——」

「あれはどう見てもまともじゃない。早く！　見失わないように」

村上があわてて車を出した。

「お祖母《ばあ》ちゃん——」

「有里も見たでしょ？」

「うん、女の子、怯《おび》えてた」

「男たちは、どう見てもどこかの子分たちですね」

と、村上は言った。「もしかすると、加東秀子と係《かかわ》りがあるかもしれませんね。娘がいるとは言ってなかったが」

ともかく、村上はその車を尾けて、古びたビルまで行った。

あの女の子が、男に腕を取られてビルの中へ連れ込まれて行く。

「放っとけませんね」

村上は車を停めた。

――村上たちが入って行くと、部屋は空っぽだったが、地下室から悲鳴が聞こえた。

村上が踏み込んだとき、加東秀子は手から血を流して床に倒れていて、女の子は服を脱がされかけていた。

有里がその間に一一〇番通報して、近くの交番からすぐに警官が駆けつけた。

指を二本切り落とされた秀子を、救急車でこの病院へ運んで、工藤という男と、その子分たちを逮捕したのだった。

「――本当に間一髪だった」

と、村上が言った。

「ええ」

と、由美が肯いて、「お母さんのことが心配で、あのときは夢中だったけど、思い出すと怖くて腰が抜けそうです」

「いや、君は勇敢だったよ。あの有里君にちょっと似てるね、君は」

「そんな……」

と、由美は少し恥ずかしそうにして、「凄《すご》くしっかりして、でも可愛い人ですね」

「伝えとくよ」

と、村上は言った。「だが――君はこれから大変だね。お母さんのことを何かと手伝ってあげないと」

「はい。――ひどいことするんですね。殺してやりたい！」

と、由美は怒りで声を震わせた。

工藤は、秀子の左手の中指と薬指の二本を短刀で切断したのだ。

「ちゃんと罪は償わせるよ」

と、村上は言った。「君、学校があるんだろ？」

「春休みの補習だから、大丈夫です。お母さんのそばについていないと。――お母さんと一緒にやり直します」

「困ったことがあれば力になるよ。いつでも言ってくれ」

「ありがとうございます」

由美は、やっと明るい笑みを浮かべた。


「警察から感謝状を、って話があったよ」

と、有里が言った。

少し遅めの朝食の席である。

「村上さんから？」

と、幸代がトーストを食べながら、「で、もちろん――」

「辞退しといたよ、お祖母ちゃんの代りに」

「それで結構」

「もったいない」

と、文乃が言った。「年金でもつかないの？」

「つかないよ、そんなもの」

「じゃ、いらないわね」

文乃のアッサリした言い方に、一緒に食べていた矢ノ内香が笑ってしまった。

「――すみません、笑ったりして」

と、香はちょっと恐縮して、「でも、本当に暖かい家ですね、ここは」

「そう？　変った女の集まりよ」

と、文乃は肩をすくめて、「コーヒー、もう少し？」

「私、持って来るよ」

と、有里が立とうとすると、香が素早く立って行って、コーヒーサーバーを持って来た。

「でも、心配なのは、太田猛って人ですね」

と、香は言った。

「そう。村上さんも、それは気にしてた」

と、有里が言った。「工藤って男から、宗方のことがどれだけ分るか。早く太田猛を見付けないと、消されちゃうかもしれない」

――工藤が逮捕されたことで、太田猛がいわば「身替り」だったと知れることになるだろう。

充代は心配して、何とか弟と連絡を取ろうとしているが、猛の方はどこへ行ってしまったのか、連絡がつかないのだ。

「それに――」

と、幸代が言った。「殺された真田っていう男のことも、どうして誰に殺されたのか分ってないでしょ？」

「そうだね。指をつめていたのも、何のせいなのか分らないし、しかも殺されたのには何か理由があるんだろうしね」

有里はコーヒーをもう一杯飲んだ。

「その人の指がどうして私のバッグに入ってたんでしょう？」

と、香が言った。

「それがふしぎね」

と、幸代が言うと、文乃が、

「大方、入れるバッグを間違えたのよ」

と、手を伸して、「有里、ミルク取って」

有里は、ちょっとの間、文乃を見ていた。

「――何よ」

と、文乃が眉《まゆ》をひそめて、「ミルク取ってって言ってるでしょ」

「お母さん」

と、有里はミルクを母親の方へ押しやって、「お母さんって、たまに閃《ひらめ》くんだよね！」

「どういう言い方？」

「ほめてるのよ」

と、幸代が言った。「当り前のことだけど、考えてみなかったわね」

「香さん、バッグをずっと持ってた？」

と、有里が訊《き》いた。

「あのときですか？　――どうだったかしら」

香はしばらく考えていたが、「ともかく、ビデオの撮影の最中だったんで、ただもうびっくりして……」

そして、香は、

「たぶん……あのアパートに入ったところで、バッグを床に置いた、と思います。逃げるように出たとき、バッグをつかんだのを憶《おぼ》えてますから」

と言った。

「そうすると、そのバッグを置いていた間に……」

と、有里は言った。「でも、そんなに長くは置いてなかったんでしょう？」

「ええ。ベッドを見て、仰天してしまって……。でも、宮里先生が私のことを見て……。

そうですね、せいぜい二、三分だと思います」

「そのとき、ちょうど真田の指を隠そうとした人間がいたってことね」

と、幸代が言った。「そのとき居合せたスタッフを洗い出す必要があるわ」

「充代さんなら分るわね」

と、有里は肯いて、「それと、充代さんが真田とホテルに入ったのは、どうしてだったのか……」

「偶然とは思えないわね」

幸代はそう言って、「有里、村上さんに――」

「すぐ連絡する！」

と、有里は力をこめて言った。


「ルイ……」

古沢美沙は目を開けると、「来てくれたのね……」

「どう、具合？」

と、ルイはベッドのそばの椅子にかけると、「顔色が良くなって来たね」

「そうかな……」

古沢美沙はちょっと微笑んだが、「ルイ、何もかもルイに頼っちゃって……。ごめんね」

「またそんなこと言って。早く良くなってよ」

「うん……。自分のことは自分でやる、とか偉そうなこと言っといて……。病気には勝てないね」

「ちゃんと勝ったじゃないの。栗田先生も、大丈夫だって言ってくれてるよ」

「あ、そういえば……」

と、美沙は思い出したように、「看護師さんから聞いた。ルイ、栗田先生とデートしてるって？」

「そんなこと……。食事に誘われて、お付合したただけ」

「すてきじゃないの。栗田先生、ルイのこと、とってもほめてたってよ」

「お医者さんはもてるでしょ」

「でも、あの先生、独身でしょ？　まだ確か三十一とかだよね」

「住んでる世界が違うわよ」

と、ルイは首を振って、「食事したって、フォアグラだのトリュフだの……。何食べてるか、ほとんど分んなかった」

「でも、ルイは可愛いし……」

「私、まだ十九だよ」

と、ルイは言った。「それに――」

と言いかけて、

「ともかく、惚《ほ》れないようにしてるの」

「どうして？」

そこへ、当の栗田医師がやって来た。

「やあ、来てたのか」

と、ルイに声をかける。

「先日はどうも……」

と、ルイは言った。

「先生、ルイって可愛いでしょ？」

と、美沙は言った。

ルイは黙っていた。——こんな病院の外科医の先生と、アダルトビデオに出た女の子が付合うなんて。

——無理なのよ。

ルイは、決して栗田のことを好きになるまい、と決めていた。

自分も傷つき、栗田も傷つくだろうから。

「今度、ドライブに誘おうと思ってるんだ」

と、栗田が言った。「いいだろ？」

断らなくては。——ルイはそう思った。

でも、いつの間にか、

「はい」

と答えてしまっている自分がいた……。

「しかし、良かったな、その娘さんを助けられて」

と、宮里が言った。

「ええ、本当に」

と、充代は肯いて、「あのとき、私たちの車がほんの何秒かでも遅かったら……。それに、あの天本幸代さんが、とっさに前の車を尾行させてなかったら……。凄い人がいるんだ、と思ったわ」

「知らない人はないほどの偉い画家だが、そうして人助けに命をかけるなんて、そう簡単にできることじゃない」

「そうね。――でも、困るのは猛のことだわ」

と、充代はため息をついた。

――自分のアパートに帰って来た充代は、何とか猛と連絡を取ろうとしていたが、空《むな》しかった……。

「もう身替りだってことはばれてるんだ。早いところ出頭すればいいのにな」

と、宮里は言った。「今のままだと、自分の身も危ない」

「メールを送ってはあるけど、見てるのかどうか……」

「例の——宗方といったか。その男が捕まれば、安心だがな」

「工藤って男からも、宗方の詳しいことは訊き出せなかったようだわ。頭のいい男なのね。うまく姿を隠してる」

「村上って刑事さんが捜してくれてるんだろう？」

「刑事とは思えないわね。穏やかで、私なんかのことも見下さない」

「天本さんの絵の大ファンだと聞いた」

と、宮里は肯いて、「懐の深い人なんだ、きっと」

充代は息をついて、

「疲れたわ……」

「寝るといい。——急ぎの仕事はないだろう」

「ええ……。でも、こんな昼間から……」

「ずっと緊張して、ぐっすり眠ってないんだ。ともかく横になれ。何かあったら起こす」

「ありがとう……。じゃ、何時間かだけ……」

充代は布団を敷くと、そのまますぐに寝入ってしまった。

夜まで起きないだろう。——宮里は、冷蔵庫にも何も食べる物が入っていないことを知っていたので、充代が起きたときのためにも、何か買って来ようと思った。

アパートを出て、近くのコンビニへ足を運ぶ。その途中、ケータイが鳴った。久子の入院している病院からだ。

「――緊急手術ですか?」

話を聞いた宮里が、サッと青ざめた。「分りました。すぐ行きます!」

ケータイを持つ手が震えた。いつかこんなことがあるかもしれないと思っていたが、同時に、「きっとそんなことは起らない」とも考えていたのだ。

宮里は広い通りへ向って駆け出すと、タクシーを停めた。

11　訪問者

「何だ、これ?」

村上刑事が、つい大きな声を上げた。

「――ひどいね」

と、有里も室内を見回して言った。

「逃げたな」

村上は首を振って、「相当あわててたんだろう」

――村上と有里は、前に矢ノ内香が宮里に会おうとしてやって来た〈Kビデオ制作〉へと再び来てみたのだった。

四階建の、かなりボロなビルの三階、〈Kビデオ制作〉のパネルはそのままだったが、ドアを開けて中へ入ると――。

部屋はめちゃくちゃになっていた。戸棚や机はそのまま置いてあったが、引出しは床へ投げ出され、戸棚も扉を開け放して、中は空っぽである。

「荒らされたんじゃないってこと？」

と、有里が言った。

「何か盗みに入ったのなら、こんなに何もかもぶちまけることはないさ」

「それはそうだね」

「自分たちで、さっさと逃げるために、必要な物、残しとくとまずい物を持ち出したんだ」

「夜逃げ、ってやつだね」

と、有里は足下に用心しながら、部屋の奥まで入って行った。「真田が殺されたことと関係あるのかな」

「その可能性はあるな。太田充代さんは〈Kビデオ〉の打上げから、真田にホテルへ連れて行かれてる」

村上はため息をついて、「しかし、こういう業界は、スタッフも一定じゃないしな。方々渡り歩いてるから、捜すのは容易じゃないだろう」

「でも、調べるんでしょ？」

「もちろんさ。その上で――」

と、村上が言いかけたとき、

「あの……」

と、おずおずとした声がした。

びっくりして戸口の方を見ると、髪の白くなった、小柄な老人が少し背中を丸めて立っている。

「ここは……〈Kビデオ〉さん、ですかね」

と、老人は言った。

「まあ――確かに」

「孫娘のマナに会いに来たんですが。吉川《よしかわ》マナといいます」

「吉川マナさん……ですか」

と、村上は首を振って、「申し訳ありませんが、私どもは〈Kビデオ〉の人間ではないのですよ」

「すると……〈Kビデオ〉の方はどちらに？」

「私どもも捜そうとしているところです」

村上はオフィスの中を手で示して、「ご覧の通り、〈Kビデオ制作〉は倒産したんでしょう。おそらく、この有様から見て」

「そんな……。ではマナはどこに……」

と、老人は青くなって、「連絡がなくなって、きっとあの子の身に何か起ったのだと……」

「落ちついて下さい」

と、村上はなだめるように言って、「あなたは――」

「吉川真一《しんいち》と申します。田舎の方で小さな雑貨屋をやっていますが、孫のマナが、店が潰《つぶ》れそうなので、見かねて東京へ出て来たんです。そして――一年くらいになりましょうか。毎月、ちゃんとお金を送って来てくれました。――私はマナが何をして稼いでいるのか心配で、訊《き》いてみたのですが……」

――村上と有里は、その吉川真一を連れて〈Kビデオ〉の入居していたビルの向いにあるティールームに入った。

「マナさんはどう答えたんですか？」

と、村上は訊いた。

「それが、はっきり言わんのです。『東京は色んな仕事があるのよ。私なんか若いから、どこでも使ってもらえるわ』と言って……」

有里は村上と目を見交わした。

祖父の所へ仕送りできるほど稼げる仕事がそう簡単に見付かるとは思えない。

おそらく、吉川マナは、〈Kビデオ〉で、アダルトビデオに出ていたのだろう。しかし、祖父にそうは言えなかった……。

「警察としても、〈Kビデオ〉の人間を捜します。マナさんのことも捜しましょう」

「どうぞよろしくお願いします」

と、吉川真一は頭を下げた。「あれは両親が早くに死んでしまって、私を親代りに育った子なんです。とても私によくしてくれて……。あの子が元気でいてくれることが、私のたった一つの生きがいでして……」

話しながら涙ぐんでいる。

「吉川さん。お孫さんを見付けるためです、写真はありませんか？」

「はい、持って来ています」

手作りらしい布の袋から取り出した写真を差し出した。

それは、芸能人のポートレート風の、ニッコリ微笑んでいる可愛い女の子の写真だった。

「お借りしても？」

「もちろんです」

「撮らせて」

有里が、ケータイでその写真を撮った。

「――可愛い人ですね」

と、有里は言った。「マナさんは、何か芸能界で働きたいとかいう……」

「ええ。TVを見ながら、よくアイドル歌手の振りを真似したりしていました。『いつか私もTVに出るんだ』と言って……。でも、あんな田舎町です。あの辺じゃ、可愛いと言われて、男の子に追いかけられていましたが、東京へ出たら、そんなわけには……」

「〈Kビデオ制作〉の名はどこで聞いたんですか？」

「二、三か月前に、電話して来たことがありまして。直接話すことはあまりなかったんで、何か急な用のときに困るから、どこへ連絡したらいいか教えてくれ、と言いました。マナは大分渋っていましたが、やっと、〈Kビデオ〉の名を……」

「どこに住んでいるとか――」

「それは言いませんでした。『お友達の部屋に同居させてもらってるので、連絡しないで』と言うんです」

吉川は首を振って、「今思えば、もっとしつこくしても、詳しいことを訊くべきでした……」

「仕方ありませんよ。マナさんには何か事情があったんでしょう」

と、村上が慰めるように言ったときだった。

「ね、村上さん！」

と、有里が村上の腕をつかんだ。

「どうした？」

「あれ、見て」

ティールームの窓から、〈Kビデオ〉の入っていたビルの入口が見えている。そこをジャンパー姿の若い男が入って行くのが見えた。

「あの男、香さんに手を出した――」

「ああ、あのときの男らしいな。吉川さん、ここにいて下さい」

村上と有里は急いでティールームを出ると、向いのビルへ入った。

エレベーターが三階で停《とま》っている。

「やはりそうだな。階段で上ろう」

「うん」

「有里君。危険なときはすぐ逃げるんだよ」

「今そんなこと言わないで！」

――二人は階段を上って行った。

〈Kビデオ〉のドアが細く開いていて、中でガタゴト音がしている。

村上がそっとドアを開ける。床に散らばったものの中から、何やら捜している様子。

「――捜し物か？」

村上が声をかけると、若い男は飛び上った。

「何だよ！　お前――」

「忘れたか？　その奥で女の子に乱暴しようとしたことも」

「サツだな」

「ああ。訊きたいことがある。一緒に来い」

「俺……俺は何も知らねえよ！　ただ、頼まれて、捜しに……」

「何を捜してるんだ？」

「そんなの……知ったこっちゃねえだろ」

強がっているが、ひどく怯えているのが分る。村上は、ポケットから吉川マナの写真を取り出すと、男の前へ突き出して見せた。

男がひと目見て、息を呑《の》んだ。

「この子のことを知ってるんだな？　何があった！」

と、村上が詰め寄る。

「俺は何も……関係ねえよ！　俺は何もしてねえ！」

「ともかく、話を聞こう。一緒に来い」

村上が男の腕をつかんだ。突然、

「いやだ！」

男は村上の手を振り切って、ドアの方へと駆け出した。

有里は、ドアのすぐそばに立っていた。

突っ走ってくる男を素早くよけると、持っていたバッグを男の足下へ投げ出した。

「ワッ！」

男が靴先でバッグの肩掛け用のベルトを引っかけて、足がもつれた。

そして、そのまま階段へと体が泳いで——転り落ちて行った。

「有里君、大丈夫か？」

「私は大丈夫！　早く！」

村上に続いて有里も階段を駆け下りて行った。

男は、何とか立ち上ったが、足首を痛めたのだろう。ズルズルと滑り落ちるように階段を下りて行く。

「おい、諦《あきら》めろ！」

村上は、男がビルの玄関を出ようとするところを、後ろから捕まえた。

「いてて……。分った！　分ったから、乱暴しないでくれ！」

「そっちが勝手に転り落ちたんだぞ。骨折したか？　――それぐらいなら捻挫《ねんざ》だ。しっかり立て！」

「勘弁してくれよ……。俺は何も知らねえよ……」

男は今にも泣き出しそうだった。

「色々、訊くことは山ほどあるんだ！」

と、村上は男を床に座らせると、ケータイで連絡して、パトカーを呼んだ。

「あの……」

吉川老人が、そばへやって来ていた。「マナのことは何か……」

「危いですよ！」

と、有里がハッとして言った。

男が吉川を突き飛ばして、逃げ出した。

「待て！」

村上が男を追いかけながら、「有里君、その人を頼む！」

「分った！」

有里が、倒れて呻《うめ》いている吉川を抱き起こした。「大丈夫ですか？」

「腰が……」

と、吉川が顔をしかめた。

そのとき――村上が駆けて行った方から、短く乾いた音が聞こえた。

銃声だ！

「村上さん！」

有里は吉川をそっと寝かせてから駆け出した。もしかして――。

「村上さん！」

道に倒れている男――。思わず息を呑んだが、駆け寄ると、あの逃げた男だと分った。

撃たれたのか？　うずくまるように倒れて動かない。

「村上さん……」

周囲を見回していると、通りかかった人がチラチラと見て行く。

「有里君」

村上が息を弾ませて戻って来た。

「良かった！　無事だったのね！」

「撃たれたんだ、逃げようとして。――口をふさごうとしたんだろう」

村上は男の手首を取って、「――死んでる」

と言った。

「撃った人間は見た？」

「追いかけたが、見失った。――畜生！」

悔しげに言って、村上は汗を拭《ぬぐ》った。

「でも――村上さんが無事で良かった」

と、有里は言った。

「ただのビデオ会社の事件じゃない。人殺しもする連中なんだ」

「吉川マナって人のこと、宮里さんたちが何か知ってるかも」

「そうだな。――応援を呼んで、あのアパートへ行ってみよう」

そう言ってから、村上は、「この男、撃たれて倒れるときに言ったんだ。『宗方さん』って。そう聞こえた」

「宗方が撃ったの？」

「おそらくそうだろう。――吉川さんは？」

「大丈夫。でも救急車が必要かもしれない」

「分った。君はこれ以上係《かかわ》らないでくれ。それこそ弾丸が君をよけてくれるとは限らないよ」

「そんなの、分ってる！」

有里は腹を立てて言った。「今さら、私に家に帰ってTVでも見てろ、なんて言ってもむだだよ」

村上もすぐに納得したようだった。

「分った。幸代さんに叱られたときは、弁護してくれよ」

「任せて。お祖母《ばあ》ちゃんは私のこと、よく分ってる」

もちろん――だからって、弾丸が有里の方へ飛んでこないわけじゃないのだが……。

吉川真一を救急車で病院へ送ってから、村上と有里は太田充代と宮里のアパートへと向った。

もう夜になっていたので、途中で簡単に食事をしたが、

「お母さんに文句言われた」

と、有里がケータイを切って、ちらっと舌を出した。「帰ってから、もう一度、ちゃんと夕ご飯食べなきゃ」

「気が咎《とが》めるね」

「村上さんのせいじゃないよ」

と、有里は言った。「早く宮里さんたちのアパートに行こう」

有里にせっつかれて、村上も腰を上げた。

そこから歩いて数分のアパート。

「──留守かな」

チャイムを鳴らしても返事がなく、村上はドアを軽く叩《たた》いた。

すると、中で物音がして、

「どなた？」

と、少し間のびした声がした。

「村上です」

「ああ……」

ドアが開くと、充代が大欠伸《おおあくび》して、「すみません……。今まで眠ってて」

「疲れてるところ、申し訳ない」

と、村上は言った。

「いいえ。どうぞ。──宮里さん、どこに行ったんだろ？」

充代は洗面所で思い切り顔を洗ってくると、ケータイを見て、

「メールが入ってる。──まあ！」

と、目を見開いた。

「どうかしたんですか？」

と、有里が訊く。

「宮里さん、奥さんの具合が……。緊急手術ですって。——それきり何も言って来てない」

「あなたに訊きたいことがあってね」

と、村上は言って、〈Kビデオ制作〉での出来事を話してやった。

「え？　〈Kビデオ〉が倒産？」

充代は啞然《あぜん》として、「まあ……珍しくはないですけど、この業界」

「夜逃げ同然だったようだ。知らなかった？」

「全然」

と、充代は首を振って、「私は一本ごとの契約なので。宮里さんもそうです」

「そうか。それで——吉川マナって子のことは……」

「聞いたことないです。というか——ああいうビデオに出る女の子は、まず本名じゃ出ないですから」

「そうか。そうだろうな」

「村上さん、写真を」

と、有里が言った。

「うん。——この子なんだが」

と、村上が、吉川真一から渡されたマナの写真を取り出す。

そのとき、玄関のチャイムが鳴った。

「誰かしら。——はい」

充代が声をかけると、

「ルイですけど……」

「ああ、ルイちゃん。待って」

充代はドアを開けた。

「あの——お願いがあって」

と、安田ルイはどこか思い詰めた表情で言った。

「何かしら？　今、宮里さん、留守なのよ」

「そうですか……。いつお帰りに……」

「さあ。——奥さんが今、手術を受けられててね。それで病院の方に」

「まあ……」

「こっちから連絡できないの。分るでしょ？」

「ええ。——すみません」

「いえ、いいのよ。宮里さんに何か伝えることがあれば聞いておくけど」

「あの……私の出たビデオのことで……」

と言いかけて、「あ、お客様でした？　失礼しました」

有里たちに気付いて、ルイはあわてて、

「それじゃ、私、また——」

「待ってくれ」

と、村上がやって来ると、「もしかして、この写真の女の子を知らないか？」

と、吉川マナの写真をルイの方へ差し出した。

「え……」

ルイは戸惑ったように、「充代さん、この写真の子って……」

「私は知らない子だわ」

と、充代が言うと、ルイは写真を手に取って、じっと見ていた。

「ルイちゃん、知ってるの？」

「もしかして――マナちゃんですか？」

「そう！　吉川マナって子だ。知ってるのか？」

「何だかポーズ作ってるから、別人みたいですけど、よく見れば……。充代さん、〈Kビデオ〉で、私の前に撮ってたのが、この子の出演してた作品でした」

「本当に？　私や宮里さんは係ってなかったけど」

「私、〈Kビデオ〉に出るって決ったとき、あの事務所に呼ばれて行ったんですけど、そこに、マナちゃんも来ていて。――ビデオの内容についての説明を聞いて帰るとき、一緒だったんで、二人でハンバーガー食べたんです」

「この子が今どこにいるか、知ってるかい？」

「いいえ。ただ……心配でした」

「マナちゃんのビデオは、ちょっと大変そうだったんです。話を聞くと、もう何本か他の事務所でも撮っていて、〈Kビデオ〉では何か変ったことをやらされるらしい、って言ってました」

「心配というと？」

「マナって子と連絡取れるかね？」

「それが……。何度かメールのやり取りしてたんですけど、突然つながらなくなって」

「ルイちゃん、ともかく上って」

部屋へ上ると、ルイはケータイを取り出して、マナのケータイ番号とアドレスに連絡してみたが、全くつながらなかった。

「——マナちゃんのおじいさんが？　そうですか」

ルイは思い出したように、「一緒にハンバーガー食べたときに、言ってました。田舎のおじいちゃんのお店が潰れそうなんだ、って。何とかして助けてあげたいから、どんなビデオだって断らないんだって」

「しかし、連絡が取れないのは心配だな」

と、村上が言った。

「そういえば……噂が……」

と、充代は言った。「何か事故があったとか……。もしかしてその子のこと？」

「あ、私も聞きました。あのアパートですよね」

事故があった？　そしてそのアパートは焼けてしまった……。

「もしかすると」

と、村上が言った。「あの真田って男が殺されたこととも関係があるのかもしれない」

しばらく、沈黙があった。

そして、ルイがポツリと、

「私……好きな人ができたんです」

と言った。

12　希　望

宮里は、ただひたすらに待っていた。

待つ以外にできることがないのは、何と辛《つら》いことか。――しかし、妻の久子は、今もっと辛い手術に耐えているのだ。

固く握り合せた両手ににじんだ汗を、何度となくズボンで拭《ぬぐ》った。

それにしても……。もう何時間たっただろう？

担当の医師が、力を尽くしてくれていることは分っていた。

赤の他人の久子のために、そんなに頑張ってくれているのだ。――宮里は頭の下がる思いだった。

もちろん、それが医師の役目だと言えば、その通りだ。それでも、宮里にはとんでもなく大変なことに思えた。

廊下の長椅子にじっと座っているので、腰がきしむように痛んだ。しかし、楽な姿勢になろうとすると、

「久子はもっと大変なんだ」

と思ってしまう。

自分が痛みに耐えた分だけ、久子の痛みが減るという――およそ科学的でないことを考えていた……。

「――宮里さん」

そっと声をかけられて、ハッとした。

「充代か……」

「ごめんなさい、こんな所にやって来て。私なんかが。奥様が大変なのに」

と、充代は早口に言った。

「いや、いいんだ」

宮里は大きく息を吐いて、「このまま一人で座っていたら、体がどうかなっていたかもしれない。助かったよ」

「手術はまだ……」

「うん。ずいぶん長くかかってる」

宮里は、〈手術中〉の、赤く灯《とも》った文字へ目をやった。「しかし、長くかかるってことは、まだあいつが生きてるってことだ。そうだろう?」

「ええ、そうよ」

と、充代は肯《うなず》いた。

「何かあったのか?」

「それが――〈Kビデオ制作〉が倒産したらしいの」

「そうか。――まあ、もともといい加減な会社だったからな。ふしぎじゃない」

「それで、この子を……」

充代は、ケータイに送られて来た吉川マナの写真を出して見せて、「あなた、見たことある?」

宮里はしばらくその少女の顔を眺めていたが、

「――ああ、あの事務所で見かけたことがあると思う。あそこの社員と話してたよ。この子がどうかしたのか?」

「待ってね」

充代がエレベーターの方へと小走りに向うと、村上と有里を連れて戻って来た。

「――行方が分らない?」

村上の話を聞いて、宮里は、「それは……もしかして……」

と、口ごもった。

「何かご存じですか」

「はっきりしたことは分りませんが、ルイを使って私が撮ったビデオの前に、その子で一本撮り上げているはずでした。それが何かあって、中止になったとか……。あのスタッフはみんなすぐに姿を消してしまったようでした」

村上と有里は顔を見合せた。

「それって……」

と、有里は眉《まゆ》を寄せて言った。「どう考えても、ビデオの撮影中に、吉川マナさんの身に何かあった、ってことですね」

「そうだな……。『あの子は、何でもやるんだ』と言ってたスタッフがいた。危険なSM物のビデオをやらされてたんじゃないかな」

と、宮里は言った。

「調査する必要がありますね」

と、村上は言った。「その撮影に係《かかわ》ったスタッフを誰か知りませんか?」

「さあ……。個人的に知り合いになるほど一緒にいませんよ」

と、宮里は言って、「待って下さいよ。充代、あの医者は?」

「ああ、あの年輩の……。撮影のとき、誰かけがしたりすると、必ず呼んで来るお医者さんがいたんです。内緒にしたいことが多いんでしょう。あのお医者さんの所なら分ります」

「そこへ案内してください」

と、村上は言った。「どうやら、急ぐ必要がありそうだ」

「心配だな」

と、宮里はため息をついて、「私も結局同じだった。女の子の体を、ただの〈物〉としか見ていなかった。そうでなきゃ、あんなものは撮れない」

「宮里さん……」

と、有里は言った。「ご事情は知っています」

「言いわけですよ。ルイだって、どんなにきれいに撮ってやっても、結局は裸を見せる口実だ」

そして、宮里は首を振ると、「もうやめよう。何とかして、生きて行くように……」

そのとき、

「宮里さん」

と、看護師がやって来て言った。「今、先生が」

振り返って、〈手術中〉の赤い灯が消えているのを見ると、宮里は青ざめた。

「――どうも」

廊下へ出て来た医師の顔は汗で光っていた。

「宮里さん、何とかうまく行きましたよ。奥さんも頑張ってくれました」

「先生――」

宮里は顔を伏せて、「ありがとうございました」

と、呻《うめ》くように言うと、泣いた。

充代が、見えない手で押されるように、宮里から離れた。

有里はその充代を見て、宮里と別れると決めたのだと思った。

宮里を、その妻に返すのだ。

「良かったですね」

と、有里は宮里へ声をかけ、「じゃ、村上さん、行きましょう」

有里と村上、そして充代の三人は、泣いている宮里を後に、その場を立ち去ったのだった……。


木枠の歪《ゆが》んでいそうな、ガラスをはめた扉の中は暗かった。

ガラスに書かれた文字は半ば消えかかっていて、充代から、

「〈久我《くが》外科〉って書いてあるんです」

と教わらなかったら、とても読めないだろう。

「久我というのか」

と、村上が言った。「もう眠っているのかな」

「そうですね。確かもう八十近かったと思いますから。こんな時間には起きてないでしょう」

と、充代は言った。「それに、たいてい夜は酔っぱらっていて。けが人が出て、夜中に呼びに来ても、全然起きてこないことがあるんです」

「しかし、今夜は起きてもらおう」

村上が呼び鈴を鳴らしたが、一向に反応がない。

「――どうする?」

と、有里は言った。「マナさんのことが心配よね」

「確かにね。しかし――」

と、村上が考えている間に、有里は玄関脇に転っていたコンクリートブロックのかけらを手に取ると、扉のガラスを叩《たた》き割った。

「おい……」

村上が目を丸くすると、

「私、少年院送りになってもいいから。中へ入りましょ」

と、有里は言った。

充代が感心した様子で、

「凄《すご》いわね、あなた!」

と、声を上げた。

「仕方ない。入ろう」

ガラスの割れたところから手を入れてロックを開けると、三人は中へ入った。

古ぼけた待合室。──患者が殺到しているとはとても思えない。

「久我さん！」

と、充代が上り込んで、奥へ声をかけた。

「寝てるんですか？　急用です！」

廊下の明りを点《つ》けると、先に立って奥へ入って行く。

「──待て」

村上が充代を止めて、自分が障子を開けた。

明りを点けると、殺風景な茶の間だった。

「その奥が寝室で」

充代が襖《ふすま》を開けた。

「おかしいわ」

六畳間だが、布団も敷いていない。そして、押入れの戸が開いたままになっていた。中の戸棚の引出しが空になっている。

「──出て行ったのかしら」

と、有里が言った。

「そうだな。この様子だと……」

「出て行くって……。どうして急に？」

充代が面食らっている。

村上は台所を見回して、

「久我は一人暮し？」

「ええ。奥さんに逃げられたとかで、もう何十年も一人だったようです」

「洗濯機の中に、下着が入ったまま」

と、有里が言った。「でも、お風呂場はまだ床が濡れてるわ」

「そうか」

と、村上は肯いて、「おそらく、吉川マナちゃんの事故のことを、しゃべられては困ると思った誰かが、久我に金をやって、どこかへ行かせたんだ」

有里は、ちょっと間を置いて、

「たぶん……マナさんって人、生きてないね」

と言った。

「おそらくね。しかし、そうと決ったものでもない。ともかく、久我を見付けよう」

村上と有里は、手がかりを求めて、部屋中を探し回った。

「――これ、見て」

色んな物が押し込んであるマガジンラックから有里が取り出したのは、破れかけているうちわだった。「居酒屋〈E〉って文字が入ってる」

「そこは久我さんがいつも通ってたお店です」

と、充代が言った。「スタッフから聞いて、捜しに行ったことがあるわ」

充代は有里を見て、

「あなた、本職の探偵さんのようね」

と、感心して言った。


翌日、昼過ぎに起き出した有里は、母の文乃からブツブツ言われながら、朝昼兼用の食事をとると、村上へ電話した。

「──夕方、居酒屋が開くのを待って行ってみるよ」

と、村上が言った。「久我の故郷の町にも連絡しておいた」

「一つ、忘れてたことがあるわ」

と、有里が言った。「あの〈Kビデオ〉の事務所で、あの男が捜してたもの」

「そうか！」

村上が舌打ちして、「うっかりしてたよ」

「ね、あのとき、男は見付けてなかったわ。だから、捜してたものは、まだあそこに残ってるのかもしれない。──でしょ？」

「これから行ってみる。あそこは鍵《かぎ》をかけてあるから、誰も入れないだろう」

「私も行く！」

「しかし……」

と言いかけて、「来るな、と言っても来るよね」

「もちろん！　じゃ──一時間後に、あのビルの前で」

通話を切って、有里は振り向いた。

文乃が、こわい顔をして、腕組みしたまま、有里をにらんでいた……。


「君のお母さんに散々叱られたよ」

と、村上が言った。

「ごめんね」

と、有里は両手を合せて拝む恰好《かっこう》をした。「でも、ちゃんと話して来たから」

「しかし、電話でたっぷり十五分も文句を言われた。『有里の身に何かあったら、どう責任を取ってくれるんですか！』ってね」

「村上さん、何て言ったの？」

「切腹します、って言ったよ。他に言いようがない」

──ともかく、二人は〈Kビデオ〉のオフィスへ、鍵を開けて入って行った。

しかし、何といっても、何を捜すか分らずに捜そうというのだから……。

二人して、床に散らばった書類やプラスチック片をかき分けてみたが、一時間近くたって、

「腰が……」

と、二人とも一緒に言った。

「腰が痛い……」

と、有里が伸びをする。「こんな狭苦しいオフィスなのに、隅から隅まで見ようと思うと大変だね」

「全くだ！　――おい、気を付けて！」

と、村上が言ったときは遅かった。

有里は床に転っていた、口の欠けた花びんを踏んで、みごとに転んでしまったのだ。

「いたた……。お尻《しり》を打った……」

「大丈夫か？」

村上が駆け寄って、助け起こす。

「うん……。何とか……」

有里の踏んだ花びんは、コロコロと転って行き、引っくり返った机に当って止った。

「だが、割れたのを踏んでたら、足を切ったかもしれない。転んで良かったよ」

「まあね。――スカートが……」

埃《ほこり》を払った有里は、ふと手を止めて、「ね、今の音」

「音って？」

「あの花びんが机に当って止ったとき、何か音がしなかった？」

「気が付かなかったが……」

有里はその花びんを拾い上げると、逆さにした。床に落ちたのは……。

「鍵だ」

と、有里は拾い上げて、「村上さん、これってたぶん――」

「ああ。どこかのコインロッカーの鍵だな」

村上は苦笑して、「これぞ、『転んでもタダじゃ起きない』って奴だな！」

13　古びたカウンター

引き戸がガタついて、まともに開けられない、古い居酒屋だった。

「まあ、どうも……」

割烹着《かっぽうぎ》姿の女将《おかみ》は、もう七十近いだろうと思える、白髪の女性だった。

「以前、おいでになったことが……」

と、充代を見て言った。

「ええ」

充代は肯《うなず》いて、「医者の久我先生を捜しに来たことがあります」

「そうそう。そうでしたね。——今日はずいぶん早いですね」

店はまだ支度をしている途中という様子だった。

「捜してるんです。久我先生」

と、充代は言った。「ご存じありませんか？」

「さあ……。このところおみえになりませんけど」

と、女将は言った。「そちらの方たちは……」

村上が名のろうとすると、

「一人の女の子の命がかかってるんです」

と、有里が進み出て言った。「何かご存じなら、教えて下さい！」

「女の子の命？」

「女将さん、知ってるでしょ。久我先生は、ビデオの撮影のとき、けがをしたりすると、いつも呼ばれていました。こっそりと内緒ですませたい事故には、必ず久我先生を、と言われてました。それが——今、先生の所へ行ってみると、もぬけの殻です」

と、充代は言った。

「じゃあ……引越したのかしらね」

と、女将は言った。「私は何も……」

「何か重大な事故があったんです」

と、有里は言った。「久我さんが急に姿を消したのは、その話をされては困るからです。でも、危険です。この件では、人が殺されているんです。久我さんも、口をふさぐために、殺されるかもしれません」

「まさか……」

「事実です」

と、村上が言った。「警察の者です。久我さんだけでない、吉川マナという女の子の行方も捜しています。彼女に何が起きたのか、久我さんはおそらく知っているんです」

「でも、あの人は……」

と言いかけて、女将は口をつぐんだ。

「久我さんは、ここに寄ったんじゃないですか？」

と、有里は言った。「しばらく身を隠そうとしたら、ここにも来られない。黙って行ってしまうことはないでしょう」

女将は、フッと息をついて、

「刑事さん。あの人を刑務所へ入れたりしないで下さいね」

と言った。

「それは――」

「あの人も、いい加減なところはあるけど、悪い人じゃないんです」

「分ってます」

と、有里は肯いて、「だから、マナさんを捜すのに力を借りたいんです」

「その子のことかどうか……。何かあったのは、あの人も分ってました」

と、女将は言った。

「やっぱりここへ来たんですね」

と、充代が言った。

「いつですか？」

と、村上が訊《き》く。

女将は、深々と息をつくと、

「ゆうべです」

と言った。「夜、店を閉めた後でした。前もって、『遅くなるが、行くから』と連絡をもらっていたので、待っていたんです」

「そのときには、どんな話を？」

「しばらく遠くへ行く、とだけ。どこへ行くとは言いませんでした」

「なぜ病院を捨ててまで旅に出るのか、言いませんでしたか」

「訊いても、『ちょっとわけがあって』としか……。私も気になりました。——ここでお酒を飲んで行くのは当然でしたが、そのときに、『今までのつけを払うよ』と言い出したんです。今まで、そんなことをしたこともないのに」

「お金を持ってた、ってことですね」

と、有里が言った。

「ええ」

「いつも、つけをためてたんですか？」

と、充代が訊くと、女将はちょっと笑って、

「払ったことなんか、ありませんでしたよ。少なくとも、ここ五、六年は」

「それじゃ……」

「こっちもお金を取る気になれなかった。古い友達同士って感じでね。あの人はいつも酔うと、『この前の分は払ったっけ？』って訊くんです。それで私も、『ちゃんといただいてますよ』って答えることにしてて」

「それが、昨日はお金を――」

「そうなんです。取り出した古ぼけた札入れに、お札が分厚く詰ってたのが見えました」

「それで、払って行ったんですか？」

「私、もうここへは帰ってこないつもりだなと思ったので、『じゃ、二万円もらいましょ』って言ったんです。そしたらあの人は三万円置いて行きました」

女将は少し間を置いて、

「――どうなるんでしょう、あの人は」

と言った。「いくらお金を持ってたと言っても、そうそう長くはもたないでしょう」

「危険だな」

と、村上は言った。「宗方が、口封じのために平気で人を殺す奴だってことははっき

りしてる。久我さんも――」

「あの人が殺されると？」

「おそらく、一時的に遠くへ行かせておいて、ほとぼりがさめたころ、やるでしょう」

「そんな……」

女将は青ざめた。「あの人を助けて下さい！」

「しかし、どこにいるかも分らなくては……」

「おそらく……。そう遠くない温泉旅館ですよ」

と、女将は言った。「あの人は、慣れた場所にしかいられない人なんです」

「分りますね。年を取ると、たいていはいつも同じ辺りに出かけますから」

と、村上は言った。「どこの温泉ですか？」

女将がケータイを取り出して、

「――ここです」

と、連絡先のリストを見せた。「その〈M〉っていう旅館」

「久我さんに連絡できないんですか？」

と、有里が訊くと、

「できない、と言ってました。ケータイを使えないんだ、とも」

村上と有里は顔を見合せた。

「それは、もしかしたら、すぐに久我さんを消そうとしてるのかもしれない」

と、村上は言った。「旅館へ電話してみよう。年寄りの一人旅なら、分るかもしれない」

村上がすぐにその旅館へケータイで電話した。

しかし、それらしい客はいないという返事だったのだ。

「村上さん。まだ丸一日もたってないいんだよ。これから旅館に入るのかもしれない」

「そうか！　そうだな。ゆうべどこかに泊って、今日向うへ行くつもりなら……」

村上は少し考えて、「――その旅館へ行ってみる。むろん、途中からも連絡を取りながら。ともかく、用心しろと言ってやれれば……」

「お願い。あの人を死なせないで下さい」

と、女将が身をのり出して言った。

「行こう」

有里たち三人は、その古ぼけた居酒屋を大急ぎで出たのだった。

「僕一人で行く」

と言う村上の言葉は、有里と充代に完全に無視された。

結局、村上の車は三人を乗せて温泉旅館へと向うことになった。

「運転しながら、旅館に電話できないでしょ」

と、有里に言われると、村上も反論できなかったのである。

「いいコンビですね、お二人」

と、充代が感心している。

十六歳の高校生と「いいコンビ」と言われて、村上としては、喜んでもいられなかったが……。

あの居酒屋〈E〉の女将——円山《まるやま》やす子という名だった——から聞いた温泉旅館まで、車で三、四時間というところだった。

「着くのは夜になるけど、今はまだ久我が旅館に来ていない」

と、村上が言った。「もし、違う旅館だったら……」

「仕方ないわよ。それしか手掛りがないんだもの」

と、有里が言った。

「そうだな」

暗くなって、道は空《す》いていたので、車は順調に走って、

「——あと三十分くらいで着くだろう」

「じゃ、もう電話しないで、直接行っちゃいましょう」

と、有里が言った。「もし私たちが向ってるって分ったら、久我って人、逃げちゃうかもしれない」

「そうだな。——よし、急ぐぞ」

とはいえ、山道になって、そう無茶な飛ばし方はできなくなっていた。

「――マナちゃんって子が無事だといいけど」

と、充代がポツリと言った。

自分もAVの制作に係《かかわ》って来たという思いがあるのだろう。

「あのルイさんも……」

と、有里が言った。

「ええ。――あの子は本当に初めてだったんだもの。とてもいい子で……」

ルイの話は聞いた。

「お友達の手術の費用のために、って、そんなことまでして。偉いですよね」

と、有里は言った。

「でも、よりによって……」

「ええ。手術したお医者さんを好きになってしまうなんて。でも、どうなんでしょう？　ルイさんの出たビデオって、〈Kビデオ〉が倒産してしまったんですから」

「正規の商品としては出せないかもしれない」

と、充代は言った。「でも、きっと撮った素材や、編集前の分も含めて、持ち出してると思うわ。裏のルートで売り出そうとするでしょう」

「じゃ、世の中に出回らなくても……」

「今はネットに流出する時代ですもの。いつどこで誰が見てるか分らない」

「可哀そうに……」

と、有里は言った。「お医者さんのことは諦《あきら》めてるようでしたね」

「そうね。隠して付合っていても、いつ知れるか、ずっと心配してなきゃいけないものね。——私も、あの子をAVの世界へ引張り込んでしまった、責任があるわ」

と、充代は言って、「マナって子のことも、たまたま係ってなかっただけで、同罪だわ」

と、ため息をついた。

「宮里さんは、もうやめると……」

「私も、もう手を引くわ。何もかも終ったら、全く新しい生活を始めてみたい。——あの人とも別れて」

「分ります」

「有里さん、あなたってとても十六とは思えない。大人ね」

「そんなことないですけど、母や祖母のことをずっと見て育って来ましたから」

そのとき、村上が、

「もうじきだ」

と言った。

車は、ひなびた感じの温泉町へと入って行った。

何軒かの旅館が、身を寄せ合うように並んでいる。道の側溝から白く湯気が上っていた。

「──〈M〉って旅館だったな」

村上がスピードを落として、左右の旅館を見て行く。

「──村上さん！　この先の右側！」

「さすがに目がいいね」

と、村上が肯いた。

車を一旦《いったん》その旅館の前に停めたが──。

「いや、目に付かない方がいいな」

村上はさらに少し先まで車を動かして、空地になった所へ車を入れた。

三人は車を降りて、旅館へ向った。

「まず僕が話をする」

と、村上が言った。「騒ぎになるといけない。逃げられたら大変だ。君たちは旅館の表で待っててくれ」

「だけど」

と、有里は言った。「充代さんは久我さんの顔を知ってるんだから──」

「だが、有里君、一人で大丈夫か？」

「ご心配なく」

「そうだな」

と、村上は苦笑した。「何かあったら、大声を出してくれ」

「得意よ、任せて」

有里は、村上と充代が旅館の中へ入って行くのを見てから、旅館から洩《も》れてくる明りが届かない暗がりの辺りへと移動した。


「久我様……ですか」

と、旅館の女将は小首をかしげて、「そういうお方はお泊りではありませんが」

「そういうお方って言うけど、もう何度もここに泊ってる、なじみの客のはずだ」

と、村上が言った。「緊急の用なんだ。正直に答えてくれ」

「ですが――」

村上が警察手帳を見せると、さすがに女将の顔色が変った。

「あの……久我様が何か……」

「事件に巻き込まれてるんだ。泊ってるんだね？」

「はあ……。でも、泊ってることは内緒にしてくれとおっしゃって……」

「久我さんが何かしたわけじゃないんだ。むしろ、久我さんの身が危いんだよ」

「分りました」

女将はもともと大きな目を丸くして、「お部屋へご案内します」

「頼む」

村上と充代は女将について、廊下を歩いて行った。

曲りくねった廊下を辿《たど》って行く。地方の古い旅館によくある、後からの増築をくり返しての分りにくい作りだ。

案内しながら、女将も申し訳なさそうに、

「できるだけ奥の部屋がいいとおっしゃって……。珍しいんです。大浴場には遠くなるので、いいのかな、と思いましたが」

「人に見られたくないんだろう」

「そうですね。いつもは『大浴場に近い部屋』とご注文なので……」

渡り廊下を越えて、やっと別棟へ入る。

「ここの二階です」

狭くて急な階段を上ると、手前の部屋の戸を開けて、

「失礼します。――久我さん、女将でございます。ご用というお客が……」

鍵《かぎ》のかからない、古い引き戸。

「久我さん？」

と、女将が呼んで、部屋へ入る襖《ふすま》を開けた。

村上は一瞬緊張した。

もしかすると、誰かが先手を打って、久我を殺してしまったのではないか、と思ったのだ。

しかし――部屋は空だった。

「タオルがありません」

と、女将が言った。「たぶん大浴場に行かれていると……」

村上はちょっと考えて、

「大浴場へ案内して下さい」

と言った。


有里は、旅館の玄関を覗《のぞ》きながら、村上たちの姿が見えないか、待っていた。

すると、車のライトが表の通りに伸びて来た。有里が玄関の脇の植込みに入って見ていると、黒い車が、この旅館の前で停《と》まった。

この時間に客？

だが、見ていると、車はまた動き出した。

「今のって……」

有里が気になったのは、その車が一旦この旅館の前に停って、また先へ行ってしまった、その動き方が、さっきの自分たちの車と似ていたからだ。

旅館がここだと確かめてから、目につかないように先へ行く。そのタイミングも、そっくりな気がした。

すると、もしかして今の車は……。

有里は急いで駆け出すと、さっき村上が車を停めた空地へと向った。

やっぱり！

同じ空地に、その黒い車が停るところだった。

車から、男が一人、降りて来た。ライトが消えて暗い中で、ほとんど様子は分らなかったが、男は大股《おおまた》に歩いて来た。

有里はあわててすぐ近くの家のかげへと飛び込んだ。――空家なのか、真暗だ。

足音がその前を素通りして行く。

あの旅館へ行くのだ。ということは……。

もしかすると、あれが宗方かもしれない。まさか、刑事が先に来ているとは思っていないだろう。久我を「消しに」来たとしたら……。

有里は、男が旅館の玄関から中を覗いて、それから外を回るように暗がりに姿を消すのを見ていた。

「村上さん……」

宗方だとしたら、村上さんも危い！

有里はケータイを取り出して、村上へかけた。

「ここです」

と、女将が言った。

「分った」

村上は〈男湯〉と書かれたのれんを分けて入って行った。

脱衣所はガランとして、人の姿はない。くもりガラスの戸の向うにお湯のはねる音がしている。

脱いでかごに入れた浴衣は一つだけだった。やはり久我が入っているのか？

村上は、ガラス戸に手をかけようとした。そのとき、ケータイが鳴った。

中へも聞こえているだろう。村上は、そのまま戸をガラッと開けた。

立ちこめる湯気の中、誰かいるのは分ったが、姿ははっきり見えない。

「久我さん！　いるんだろ！」

と、村上が呼んだ。

声が風呂場に響く。

「久我さんだね？　警察の者だ」

と、村上は呼びかけた。「話がある。出て来てくれ」

少し間があって、

「警察が何の用だ！」

と、怒ったような声がした。「わしが何をしたって言うんだ！」

「あんたを捕まえに来たんじゃない。話を聞きたい。あんたのためなんだ」

「――分った。出るから、少し待ってくれ」

「ああ、急いでくれ」

村上は、ともかく久我が無事だったことにホッとして、脱衣所で待つことにした。ケータイが鳴り続けている。有里からだ。

「――もしもし」

「村上さん！　無事？」

と、有里が言った。「危いよ。宗方がそっちへ行った」

「何だって？」

「旅館の外を回ってった。今、どこ？」

外を回って？　大浴場は広い窓があって、曇っているが、向うは外だったようだ。

もしかして――。

村上は戸を一杯に開けた。タオルを手にした裸の老人が面食らった様子で立っている。

「久我さんだね？　さあ、出て」

と、村上が促したときだった。

窓のガラスが音をたてて割れた。外に人影が見える。

「危い！」

村上は久我の腕をつかんで引張った。同時に、窓の割れた穴の向うで銃が発射された。

久我がよろけて村上の方へもたれかかってくる。

「しまった！　おい！」

村上は久我の体を抱きかかえて、脱衣所へ転り込んだ。そして、

「来てくれ！」

と、怒鳴った。

充代が駆け込んで来る。

「村上さん——」

「撃たれた！　傷は——」

老人の左の肩から血が流れ出ていた。

「まあ！　それじゃ……」

「早くタオルで傷を押えてくれ！　犯人は外にいる」

久我は呻《うめ》きながら、

「痛《いて》え……。どうなってるんだ……」

「先生！　しっかりして！」

充代を見て、

「どうして、ここが？」

「〈E〉って居酒屋の女将さんに聞いて来たんですよ！　我慢して。今、手当を……」

村上が脱衣所から風呂場を覗いた。もう人影はない。

宗方だとしたら、久我を殺したかどうか確かめようとするかもしれない。

「どうしました？」

ここの女将が入って来て、「まあ、久我さん！」

「警察へ電話してくれ！」

と、村上は言った。「久我さんは病院へ運ばないと」

「救急車は時間がかかります。大きな病院は隣の町でないと」

「そこまで車で運ぶ。──浴衣《ゆかた》を体にかけて。久我さん、あんたは殺されるところだったんだ！」

「ともかく……血を止めてくれ」

と、久我は泣きそうな声を出した。

「そうだ。──有里君」

ケータイはポケットに入れていた。

有里はどうして宗方が来たと分ったのだろう？

宗方が逃げようとしたら、有里の目にとまるかもしれない。

「ここを頼む！」

と、ひと声かけて、村上は廊下へと飛び出した。

有里は銃声を聞いていた。

「村上さん……」

大丈夫だろうか？　ケータイは切れてしまっている。

かけ直したら、却《かえ》って村上の邪魔をすることになるかもしれない。

迷いながら、有里は旅館の玄関を入ろうとした。

足音がして、ハッと振り向くと、拳銃《けんじゅう》を手にした男が玄関の外に走り出て来た。

そして、有里に気付いた。——有里は、その男と一瞬、向き合ったまま、立ちすくんだ。

「誰だ！」

男が銃口を有里へ向けた。

目の前に銃口が真直ぐこっちを向いている。

有里は、怖いと思うより、これが現実と思えなかった。——やっぱりこれは宗方だろう。

そして有里は、自分でも信じられないことに、

「やめなさい」

と言っていた。「刑事さんと一緒よ」

「何だと？」

「宗方さんでしょう。逃げられないわよ」

どんなに危いことをしているのか、頭では分っていたが、やめられなかった。

「——有里君！」

村上の声が旅館の中から聞こえて来た。

宗方の視線が、旅館の中へ向く。

その瞬間、有里は玄関へ飛び込んで伏せると、

「村上さん！　危い！」

と叫んでいた。

村上が駆けつけて来る。宗方が一発撃って、走り去った。

「有里君！　大丈夫か！」

と、村上が駆け寄る。

「私は大丈夫。村上さん――」

有里は息を呑《の》んだ。村上の左腕に血がにじんでいたのだ。

「かすっただけだ。君が何ともなければ」

「今のが宗方よ、きっと」

と、有里が起き上って、「あの久我ってお医者さんは？」

「肩を撃たれた。病院へ運ぶ」

そのとき、旅館の前を車がスピードを上げて通り過ぎて行った。

「きっと宗方の車だわ」

と、有里は言った。「同じ所に車を停めてたの」

「そうか。ともかく、病院へ――」

コートを体にかけられた久我が、充代と女将に両側から支えられて、連れて来られた。

「村上さん！　けがを？」

「これぐらい平気だ。車を持って来る。女将さん、病院へ案内して下さい」

「はい！　久我さん、しっかりして下さい」

「わしはもう……死ぬ……」

と、久我は弱々しく言った。

村上が車へと走って行く。

有里は服の汚れを払って、

「またお母さんに叱られる……」

と呟《つぶや》いた。

14　細い糸

深夜、救急車がサイレンを鳴らして夜の町を駆け抜けて行く。

「——あのサイレンかしら」

と、K大病院の救急入口の前で、天本幸代は言った。

「おそらくそうでしょう」

と、腕時計を見て言ったのは、この病院の医師、内山昌志《うちやままさし》。「こんな時間ですからね、もう着いてもおかしくない」

「ごめんなさいね」

と、幸代は内山に言った。「こんな時間に呼び出したりして」

「とんでもない」

と、内山は首を振って、「天本さんの頼みとあれば、いつどこへでも飛んで行きますよ」

「ありがとう。——何しろ、孫が危いことばっかりやってるものだから」

と、幸代は言ったが、「もっとも、そういうところは私に似てしまったらしいけどね」

「私に言われる前に、ご自分でおっしゃいましたね」

と、内山はちょっと笑って言った。「有里君はもうお宅に？」

「さあ、どうかしら。ここへも来たがったけど、文乃がさすがに怒ってるから」

「文乃さんのお気持も分りますね」

サイレンが近付いて来た。「来ましたね」

内山が、病棟の中へ声をかける。

看護師が三人、ストレッチャーを押して出て来た。

「先生、患者さんのお名前は——」

「確か……吉川でしたね？」

「吉川マナといったと思うわ」

と、幸代が言った。

「意識がないということしか分ってない。まず、全身のチェックが必要だな」

と、内山は言った。

救急車がK大病院の中へと入って来る。

幸代のケータイが鳴った。

「有里だわ。――もしもし」

「お祖母《ばあ》ちゃん、どう？」

「今、救急車がK大病院に着いたところよ。内山先生も来て下さってるわ」

「ありがとう。内山先生によろしく言ってね」

「大丈夫なの、あなたは？」

「うん。でも、さすがにくたびれた！」

と、有里は言った。

「当り前よ。今夜はもうやすみなさい」

「そうする。マナさん、どうかな。充代さんも心配してる」

「ともかく、検査してみないとね」

――有里たちが病院へ運んだ久我から、吉川マナのことを訊《き》き出した。

〈SM物〉というジャンルのビデオの撮影で、ロープで縛られ、逆さ吊《づ》りにされた吉川マナは、撮影中にロープが絡まり、首を絞められてしまったのだ。

スタッフがあわてて、対応が遅れた。

久我が呼ばれたが、マナは意識を失ったままで、久我は古い知り合いの医師に頼んで、マナを入院させた。しかし、治療などはせず、久我はスタッフから、

「黙っていてくれ」

と、金を渡され、温泉へしばらく姿を隠すことになったのだった。

その事情を聞いた有里は、すぐに幸代に連絡して、吉川マナをK大病院へ移してもらうことにした。

かくて、夜中に、幸代が内山医師を叩《たた》き起こすことになったのである。

「マナさんのおじいさんには、村上さんが連絡してる」

と、有里が言った。「連絡が取れたら、そっちへ駆けつけると思うよ」

「分ったわ。それと、村上さんは大丈夫なの？　撃たれたんでしょ？」

「弾丸が左腕をかすったけど、その手当はしてもらったから。――危なかったんだ」

「人のことより、あなた自身も、でしょ」

「うん……。でも、お母さんにはあんまり言わないでね」

「今はともかく寝なさい。後はこっちに任せて」

「うん、分った。よろしくね。おやすみなさい……」

幸代はちょっと首を振って、

「――あの声の様子じゃ、アッという間に眠ってるわね」

と言った。

病院の中へ入ると、内山が手早く指示を出している。

「——息はある?」

「ええ。しかし、時間がたっているので」

と、内山は厳しい表情で言った。「脳がどこかやられていると思いますが、それがどの辺で、どの程度ダメージを受けているかが問題です」

「意識が戻ってくれるといいわね」

「詳しくは、朝になってからCTを撮ります。しかし……ひどいことをさせるんだな、あんな若い娘に」

「本当にね」

「あの娘を預かった病院だって、何かやれることはあったでしょうに。許せませんよ」

内山の言葉には激しい怒りがこめられていた。「——ともかく、できるだけのことはします」

「よろしく」

と、幸代は言った。

「ご連絡しますよ。天本さん、もう帰られて下さい。お疲れになったでしょう」

「そうね。疲れてはいませんが、私がいては却《かえ》って内山さんが気をつかわれるでしょうからね」

すると、そこへ、中年のベテラン看護師がやって来て、

「先生」

「どうした？」

「あの娘さんに、注射の跡が」

「何だって？」

内山の声が変った。


有里は夕方になるまで、目を覚まさなかった。

やっとベッドから起き出したのが夕方五時。

シャワーを浴びて目を覚ますと、それでも欠伸《あくび》しながら、居間へと下りて行った。

「──生きてたのね」

と、文乃が言った。

「何とかね……。アーア」

と、力一杯伸びをして、「お腹空《す》いた！」

「呆《あき》れた。今食べたら夕飯が食べられなくなるわ。我慢しなさい」

「お腹空いて失神する」

「じゃ、村上さんに電話しなさい。気が紛れるでしょ」

「村上さんから何か言って来たの？」

「何か言いたいことがあったみたいよ」

遠慮して、有里のケータイにはかけなかったのだろう。

「分った！」

たちまち元気になって、有里は階段を駆け上った。

ケータイで村上へかける。

「――もしもし？　今起きたの。けがはどう？」

「ああ、大したことないよ」

と、村上が言った。「吉川マナのことは聞いてない？」

「ともかく、ついさっきまでぐっすり」

「そうか。今、K大病院で、検査を受けてる。意識は戻ってなさそうだ」

「可哀そうにね」

「それでね、マナの腕に注射の跡があったんだ」

「え？　それって――」

「薬物だろうな。何か射《う》たれて、ひどい撮影でも、わけが分らないようにさせてたんだろう」

「ひどい……」

「ああ。あの久我って医者をとっちめてやる。知らなかったはずがない」

「一発殴りに行こうかな」

「それに、もしクスリが絡んでるとしたら、宗方が人を殺したのも分る。ビデオの撮影だけなら、あそこまでやるのは不自然だと思ってた。そういう裏があったら、口をふさぐ必要があったのも分るよ」

「そうだね。――で、ゆうべの男、やっぱり宗方だった？」

「ああ、間違いない。そっちの担当に訊くと、何人かの写真を見せてくれた。〈宗方三《さぶ》郎《ろう》〉の写真が、あの男だった」

「良かったね、正体が分って」

「しかし、君も危いことをしたもんだ。後悔してるよ」

「手遅れだよ」

と、有里は言った。

「早速手配するよ。君はもう家でおとなしくしててくれ」

村上の言葉は無視して、有里は、

「今、どこにいるの？」

と訊いた。

「太田充代のアパートに行く途中さ。弟のことが心配だろうからね」

「充代さんも、たぶん夕方まで眠ってるよ」

と、有里は言った。「私が一緒に行った方が、起こしてあげられる」

「いいかい――」

「場所は分ってるもの。じゃ、向うでね！」

と言って、切ってしまった。

「——お母さんに何て言って出よう」

と、有里は呟《つぶや》いた。


有里の想像した通り、太田充代はまだ眠っていた。

ケータイの鳴る音で、ハッと目を覚ましたが、本当はかなり長い間、鳴り続けていたのだ。

「——はい。もしもし……」

「村上だけど」

「あ、村上さん。さっきはどうも」

本当はさっき、どころじゃないのだが。

「まだ眠ってた？　起こして悪かったね」

と、村上は言った。「有里君の言った通りだった。もしかしたら、まだ眠ってるかと思ってかけてみたんだ」

「ごめんなさい。まだ頭がボーッとしてて」

昨夜の出来事が、果して現実だったのか、そんな気さえしていた。

「今、そっちのアパートに向ってるんだ」

と、村上に言われて、眠気がふっ飛んだ。

「え？　あの――今すぐはちょっと……」

「まだ十五分ぐらいかかるよ」

「十五分じゃ……。お願い、三十分待って」

と言いながら起き出す。

「分った。じゃ、三十分したら行く」

「よろしく！」

ブルブルッと頭を振って、「――焦った！　三十分で何とか……」

あわててシャワーを浴びて、何とか頭をすっきりさせると、やっと昨日のとんでもない出来事がよみがえってくる。

今はともかく……。

バタバタしながら、ともかく身支度をして、鏡の前で髪を直していると、玄関のチャイムが鳴った。

「はい！」

と、大きな声で答えて、急いで玄関へ。

「まだ二十分ですよ」

と言いながら、ドアを開けると――。

「誰か待ってたのか？」

宗方が立っていたのだ。

充代が何も言えずに立ちすくんでいると、

「出かけるぞ」

と、宗方は言った。

「あの……」

「弟を死なせたくないだろ」

「猛を……。猛をどうしたんです！」

「落ちつけ。まだ生きてる。まだな」

宗方の手に拳銃《けんじゅう》があった。「金を下ろすんだ。仕度をしろ」

「お金……ですか」

「お前らのおかげで、こっちは身を隠さなきゃいけなくなった。出せる金は全部出してもらう。早くしろ！」

宗方は苛立《いらだ》っていた。

「ええ。すぐ……。ちょっと待って」

村上がやって来る。三十分？　あと七、八分だ。

しかし、猛の身も心配だった。

キャッシュカードを持って、

「猛はどこにいるんですか？」

と訊いた。

「二、三時間の内に戻らないと、弟は生きちゃいないぜ。――出かけるぞ」

どうしようもない。充代は促されるままに、部屋を出た。

「――お前が運転しろ」

と、宗方は言った。「妙な真似はするなよ」

宗方の車の運転席に座る。宗方は助手席に座って、拳銃を手に、

「車を出せ」

と言った。

村上はまだやって来ない。――充代はエンジンをかけた。

「この道を行って、広い通りを左へ行くんだ」

と、宗方は言った。「ぐずぐずするな！」

仕方ない。――充代は車を出した。


有里は、バスを降りて、太田充代のアパートへと向っていた。

本当はもう少し早く来られたはずなのだが、文乃から、

「出かけるなら、何か食べて行きなさい！」

と命令されたのである。

確かに、有里もお腹が空いていたので、冷凍のおにぎりを電子レンジに入れ、食べる

のはアッという間で、

「夕ご飯はちゃんと家で食べる！」

と、宣言してから、家を出て来た。

もう暗くなりつつあった。

アパートへの狭い道を急いでいると、車が一台やって来た。ライトがちょっとまぶしくて、目を細くすると、道の端へよける。

アパートまでは、すぐだった。

そのとき、見覚えのある車がやって来て停《とま》ると、村上が降りて来た。

「今来たの？　遅いね」

と、有里は言った。

「充代さんが、寝起きだから三十分待ってくれと言われたんだ」

「だから言ったでしょ」

と、有里は笑った。

「——おかしいな」

チャイムを鳴らしても返事がない。

「村上さん！　ドアが——」

ドアが開いている。

「充代さん！」

と、中を覗《のぞ》くと、「靴がない……」

「出かけたのかな？　でも、僕が来るのは分ってるのに」

有里はハッとした。——車だ！

「宗方が……」

「え？」

「ここへ来るとき、すれ違った。あの車……。ライトでよく見えなかったけど、宗方の車じゃなかったかな」

「連れ出された？　車はどっちへ行った？」

「広い通りの方へ。でも、そこからどこへ行ったか分らない」

「追ってみよう」

と、村上は言った。

二人はアパートから急いで出ると、車に乗った。

「——でも、どっちへ行くの？」

と、助手席にかけて、有里が言った。

「右か左か、二つに一つだ。どっちかを選んでみるしかない」

村上は車を出した。「——有里君、宗方の車が何だったか分るか？」

「私——そこまでは知らない」

免許の取れる年齢ではないので、車の種類までは分らない。「ともかく小型の車だったと思うよ。白っぽくて」

あの温泉旅館の近くで見てはいるが、暗い中だった。

「僕も、あのときは車まで見てなかった。——よし、右か左か、どっちだ？」

有里は迷わなかった。迷っても同じだ。

「左」

「よし、左へ行ってみよう」

車を広い通りへ出すと、村上はハンドルを切った。

かなり交通量の多い道路である。

「そうスピードは出せないはずだ。うまく行けば追いつける」

と、村上は言って、素早くケータイを取り出すと、有里へ渡した。「発信を見てくれ。あの久我の入院してる病院の番号が入ってる。その番号にかけて、久我が何か知らないか、医者から訊いてもらってくれ」

「分った」

有里も呑《の》み込みは早い。

村上は少し強引に車線を変えて、ジリジリと前へ出て行った。

有里は、担当の医師を呼んでもらうと、村上の言葉を伝えた。

「ええ、そうなんです」

と。有里は続けて、「久我って人に伝えて下さい。今度の事件には麻薬が絡んでるんですよ。宗方のことで何か知ってることがあれば、しゃべってもらいます。もし役に立てば、多少は罪を軽くしてあげられるかもしれません」

「おい……」

村上がびっくりして、「僕はそんなことまで――」

「じゃ、何か分ったら、このケータイへかけて下さい。よろしく」

有里は通話を切って、ケータイを村上のポケットへ戻すと、

「少しぐらいおどしてやらなきゃ。そうでしょ？」

「うん、まあ……」

村上としても、有里に同感ではある。しかし、刑事という立場ではあそこまで言えない。

「君は、探偵ならいいが、刑事には向かないね」

と、村上は言って、「――おい！　あの車じゃないか？」

「え？」

「四、五台前に、チラチラ見えてる車、左右へ動いて、焦ってるような運転だ」

「分った。うん、あの車かも……」

と、有里は目をこらした。

「運転してるの、女の人だね」

「宗方が、充代さんに運転させてるのかもしれない。――有里君、よく見てくれ」

「間の車に隠れちゃうから……。でも、二人乗ってることは分るね」

「君の直感が当ってたのかもしれない」

「珍しい。二つに一つ、って言われても、私ほとんど当ったためしがないもの」

村上は更に一台を追い越した。

「ナンバープレートが撮れるかな？」

「やってみる」

有里はチラッとその車が覗いた瞬間にケータイで撮影した。

村上が、ケータイで連絡し車のナンバーを知らせて、この道の先で検問するように言った。

「このまま行けば……」

「気付かれたら、充代さんの身が危いかもしれない。これ以上近付くと……」

と、村上が言った。

そのとき、目をつけていた車が、左折した。

「どうする？」

「追いかけよう。向うも気が付くかもしれないが、仕方ない」

その細い道へと車が入って行く。前方に、あの車が見えた。

「有里君、頭を低くして。向うが撃って来たら危険だ」

前の車との間を一気に詰める。有里の目にも、助手席の男が振り向くのが見えた。

「気が付いたな！　有里君、ぶつけるぞ！」

村上はアクセルを踏み込んだ。車が追突した。前の車の窓ガラスが砕けた。

「有里君、車から出るなよ！」

車が停ると、村上はドアを開けて飛び出した。

「村上さん！　気を付けて！」

と、有里は叫んだ。

追突されて、前の車はパニックになっているだろう。そのほんの数秒間の勝負だった。

村上が、運転席のドアを開けて、充代を引張って車から降ろすのが見えた。

充代が村上に押されて、有里の車の方へ走って来る。

「――充代さん！」

と、有里は言った。「宗方は？」

「今、村上さんが――」

そのとき、前の車から銃声が聞こえた。

「村上さん！」

有里はじっとしていられなかった。ドアを開けて車を出ると、頭を低くして、前方の車の様子をうかがった。

「――村上さん」

有里は、村上が車から離れるのを見た。

「有里君。――もう大丈夫だ」

と、村上が言った。

そして、村上は有里の方へ戻って来ようとしたが、途中でよろけて、宗方の車のボディによりかかった。

「――村上さん！　どうしたの！」

と、有里は駆け寄った。

「すまん……。いや、大丈夫だよ。ただ……震えが止らなくて……」

村上は真青になっていた。

「何があったの？　けがしたの？」

「そうじゃない。宗方が拳銃を向けて来たんで、夢中でその手首をつかんで、もみ合った。奴が引金を引いた……」

「それじゃ……」

「銃口が自分に向いてたんだ。宗方の顔の真中に弾丸が当った……」

「じゃ、死んだんだ、宗方」

「ああ。あんなことになるとは……」

宗方を結果的に殺してしまったことが、ショックだったのだろう。

「──弟が」

と、充代がやって来て言った。「猛がどこにいるのか……」

「そうか。──しかし、もう宗方には訊けない」

「でも……どうしよう……」

充代が途方に暮れたように言った。

「すまない。殺すつもりでは……」

「仕方ないよ。村上さんが撃たれるところだったんだから」

と、有里が力づけるように言った。

「ええ、それは……」

そのとき、有里はケータイの鳴る音に気付いた。

「村上さん、ケータイが鳴ってる」

「ああ……そうか」

村上はポケットからケータイを取り出すと、「──村上です。──ええ、さっきの話で……」

話を聞いている内、村上は真直ぐに背筋が伸びて、自分を取り戻している様子だった。

「分りました。久我を出して下さい。どうしても訊きたいことがあるんです。──構いません。眠ってたら、叩き起こして下さい！」

村上の言葉に力がこもった。

有里はホッとして、村上の手をしっかり握ったのだった。

15　途中

「え？　これ？」

と、有里が言った。

「久我の言ってた、周囲の様子からすると、この建物としか思えないけどな」

と、村上がメモを見ながら言った。「しかし……」

「だってもう半分壊れてるよ」

確かに、その三階建のビルは、建物の半分が、巨大怪獣にでもかじられたのかという様子で、失くなっていた。解体に使う重機が置かれたままになっていて、何かの事情で解体工事が中断したものと思えた。

「――ここで手掛りがなかったら、お手上げだな」

と、村上は首を振って言った。

入院している久我を脅しつけるようにして、太田猛がどこにいるか、訊《き》き出そうとしたのである。

久我は、そこまで宗方の仕事については知らないようだったが——。

「何やら、けが人とか病人が出たとき、連れて行かれた場所がある」

というので、そこを調べてみることにした。

久我が憶《おぼ》えていたのは三か所で、一つはもう全く別のビルになっていて、もう一つは今にもぺちゃんこになりそうな、古い空家。

その中に入ってみたが、猛はいなかった。

そして、久我の言った最後の一つが、この半分壊れたビルだった。

「危いな。ちゃんと囲いもしないで」

と、村上は言った。

「捜すっていっても、どこから入るの？」

と、有里は言った。

「うん……。まず、ここでもなさそうだな」

と、村上は言った。

ビルの入口が、おそらく取り壊されているようで、階段も残っていない。

「ここが違うとなると、どうするかな」

村上は、争った弾みで、宗方を殺してしまった。その責任を問われることはないと思われたが、問題は太田猛の居場所が分らなくなってしまったことだった。

太田充代の話で、猛がどこかに閉じこめられているかもしれないというので、こうして捜しているのだったが……。

「おい！　誰かいるか！」

と、村上が大声で呼んでみた。「――誰かいないか！」

何度かくり返して呼んだが、反応はなかった。

「――仕方ないな」

と、村上は息をついて、「この状態じゃ、どこにもいないだろう」

「そうだね……」

と、有里は言った。「宗方が出まかせを言ったのかも……」

「うん。充代から金を引き出すためにな。誰か、宗方の仲間を見付けるしかない。他に誰もいなかったはずがないからな」

「倒産した〈Kビデオ制作〉のスタッフを見付けられたら――」

「そこから辿《たど》っていくしかない。時間がかかるけど……」

村上はため息をついて、「宗方を殺さずにすめば良かったんだが……」

「成り行きだもの。しょうがないよ」

と、有里が慰める。

「戻ろうか」

「うん」

有里は村上について、車の方へ戻ろうとしたが、ふと足を止めた。

「――どうかしたのかい？」

と、村上が振り向く。

「今……ビルの下の方から、何か落ちる音がした」

「落ちる音？」

「コンクリートの破片か何か。でも、下から聞こえて来た、ってことは……」

村上が肯《うなず》いて、

「このビルには地下に部屋があるってことだ」

村上がコンクリート片の重なっているのを押しのけると、いくつかの塊が下に落ちて行き、そこに隙間ができた。

下は真暗だが、

「おい！　誰かいるか！」

と、村上が呼びかけると、その声が反響した。

「下はかなり広いぞ」

「そうね。――待って！」

と、有里は鋭い声で、「何か聞こえる」

合唱をやっている有里の耳は、音に人一倍敏感だ。

「――僕には聞こえないが」

「何か……息づかいのようなものが聞こえた気がしたの」

てみた……。

と、有里は言った。「もしかしたら……」

「ライトを持って来よう」

村上が車へ走って、大きめの懐中電灯を持って来た。そしてその隙間から下を照らしてみた……。


「猛！　――猛！」

救急車から降ろされて来た弟へ、充代が涙声で呼びかけた。「姉さんよ、分る？」

看護師が押して行くストレッチャーに寄り添って、充代は猛の手を握っていた。

猛はぼんやりと目を開けて、

「姉さんか……」

と、かすれた声で言った。「ここは……」

「ここは病院よ。もう大丈夫だからね！」

「うん……」

看護師が充代へ、

「終ったらお呼びしますので、こちらでお待ち下さい」

と言った。

「よろしくお願いします」

と、充代は深々と頭を下げた。

すると、猛が小さな声で、しかしはっきりと、

「ごめんよ」

と言ったのである。

充代は何とも言えずに、ストレッチャーを見送っていた。

「――大丈夫でしょう」

という声がした。

「村上さん！　ありがとうございました！」

「そうひどいけがもしていないようだし。若いからね」

「もう、これにこりて、馬鹿なことはしないと思いますけど、もし何かまたやらかしたら、私がぶん殴ってやります」

充代は息をついて、「本当に、村上さんのおかげで――」

「いや、正しくは有里君のおかげだよ」

と、村上は状況を説明した。「あの子は大した子だ。あの子がかすかな音を聞き取っていなかったら、猛君に気付かずに立ち去ってしまったよ」

「お礼を言いたいけど……。ご一緒じゃなかったんですか？」

「家へ帰ったよ。お母さんがすっかり怒ってるんでね」

と、村上は苦笑した。「僕が叱られに行くことになるだろう。そのとき、一緒に」

「はい。声をかけて下さい」

——村上があの半分壊れたビルの地下室をライトで照らしたとき、光の届く範囲は狭くて、何も分らなかった。

しかし、荒い息づかいと、かすかな呻《うめ》き声が村上にも聞こえたので、至急消防へ連絡して、救出の専門チームを呼んだのだった。

しかし、隙間を人が出入りできる広さにするのは容易でなく、結局、隊員がロープで下りて、猛を発見、吊《つ》り上げて救急車に乗せた頃には深夜になっていた。

「ともかく良かった」

と、村上は言った。「話ができるようになったら、連絡してくれないか。宗方のグループには、他にもメンバーがいるはずだ」

「分りました」

充代はしっかりと肯いた。

——村上は病院を出たところで、天本家に電話を入れた。

電話に出たのは文乃で、

「有里はもう休んでいます」

と、事務的な口調で言った。「ケータイにかけることはご遠慮下さい」

「よく分っています。ただ、救出した太田猛のことをお知らせしておこうと思いまして」

「私から伝えます」

と、文乃が言うと、

「ちょっと」

と、幸代の声がして、「村上さんでしょ？　あの人に当っても仕方ないわよ」

そして、電話を代ると、

「村上さん？　幸代です」

「どうも。また有里君を色々と危い目にあわせてしまって、申し訳ありません」

「あの子が自分で行ったんですもの。あなたが謝らなくても。でも、あの子も、もうすぐ学校が始まりますのでね」

「よく分っています。救出した太田猛はしばらく入院ですが、回復するでしょう。そう有里君にお伝え下さい。有里君が彼を救ったんです」

「そう伝えます」

と、幸代は言った。「薬物が絡んでいるとか？　用心した方がいいですね。ああいうものは大金をうみますから、係《かかわ》ってる人間も多いでしょう」

「その通りです」

「その太田猛という子はどれくらい係っていたんですか？　深く知っていたら、まだ身の危険があるかもしれませんよ」

「なるほど」

村上はハッとした。猛の口をふさごうとするのは、宗方ばかりではないかもしれない。

「おっしゃる通りです。薬物担当の者と相談して、病院に誰か警護の人間を付けようと思います」

「そうしていただけると、私も安心です。――妙ですね、絵描きの私が、そんなことで安心するなんて」

と、幸代は笑って言った……。


うつらうつらしていた。

椅子にかけていたので、体が少しずつ傾いて、危うく椅子ごと引っくり返りそうになった。

「ワッ！」

と、思わず声を上げ、宮里はあわてて座り直した。

クスクスと笑う声がする。

宮里は、ベッドの久子がこっちを見て笑っているのを見ると、

「久子……。目が覚めたのか」

と言った。

「少し前からね」

と、久子は言った。「いつ椅子から落ちるかと思って、気が気じゃなかったわ」

かすれた、弱々しい声だったが、言葉はちゃんと聞き取れたし、青白い顔に浮んだ笑いは、宮里の目にしみるようだった。

「久子。――手術は成功だったぞ。以前のように、元気になれる」

宮里は妻の手を取った。

「あなた……。ずっとそこにいたの？」

「もちろんだ」

「じゃあ……せめて、ひげをそって来て。誰の顔かと思っちゃうわ」

「分った」

宮里は泣き笑いの顔になって、「じゃ、売店でカミソリを買って来るよ」

「ええ。すっきりした顔でね」

宮里は涙を拭《ふ》くと、急いで病室を出た。

二十分ほどして、トイレの洗面台でひげをそった宮里は、妻のベッドのそばへと戻った。

「――どうだ？　二枚目になったろ？」

「まあまあね」

と、久子は言った。「あなた。――私が入院したせいで、辛《つら》い思いをしたでしょ。ごめんなさい」

「何のことだ？」

「いやな仕事を引き受けてたのね。お金のために」

「久子……」

「知ってたわ、あなたの仕事」

宮里はびっくりして、

「どうして、お前……」

「週刊誌のグラビアに、そういうビデオの紹介が載ってて、あなたの写真が。――わざわざ持って来て、『あんたの旦那《だんな》だろ』って、見せてくれた人がいたのよ。他の患者さんのご主人でね」

「そんな奴が……。いや、言えばお前が気にすると思ってな。――まあ、ストレスにはなったが、仕事は仕事だと割り切ってた。しかし、もうやめることにしたんだ。お前と一緒に、俺も出直す」

「ええ。そうしてちょうだい。私がそんなことを言うのは身勝手かもしれないけど」

「久子……」

「それと……あなたが親しくしていた女の方のことも。あなたの面倒をみてくれていたのね。お礼を言わなきゃいけないでしょうけど……」

「気付いていただろうとは思ったよ。――もう、彼女とは別れることにしたんだ」

「あなた……。その人に、伝えて。私が本当に感謝してるって……」

宮里は、久子の手をやさしく包むように握った。


「もしもし」

「まだ寝てたかな？」

と、村上が言った。

「まさか！　もう十時だよ」

と、有里は言った。「ひと晩寝れば、疲れは消える」

「やっぱり十六だね」

と、村上は笑って言った。

「どこからかけてるの？　ざわついてるね、周りが」

「S駅の中だ。例のコインロッカーの鍵《かぎ》、この駅のだと分った」

「え？　じゃ、中に何が入ってるか――」

「これから開けてみるんだよ」

「私も行きたい！」

と、有里は声を上げた。

「もう君を連れ出すわけにいかないよ」

「お母さんから言われた？　でも……」

「ちゃんと報告するから、我慢してくれ」

「悔しいなあ！　ね、私、ずいぶん村上さんに協力したよね」

「ああ、もちろん」

「だったら、三十分ぐらい待っててよ！　ちゃんと最後まで見届けたい」

「君の気持は分るけど……」

「お母さんにはちゃんと言うから。お願い！　ロッカーを開けるの、私が行くまで待ってて！」

村上はため息をつくと、

「また僕が叱られるんだぜ」

「大丈夫。お祖母《ばあ》ちゃんは村上さんを気に入ってるもの」

ケータイで話しながら、有里は早くも出かける仕度を始めていた。


「——分った。じゃあ待ってるよ」

と言って、村上は通話を切った。

有里を巻き込んではいけない、と思いつつ、潑剌《はつらつ》とした少女の明るさに触れていたいという気持も捨てられなかった。

「三十分か……」

コインロッカーの前で、ぼんやり立っているわけにもいかない。

村上は、コインロッカーが両側に並んだ通路を出ると、カウンターだけのコーヒーショップに入って、有里を待つことにした。

「カフェラテを」

と、先に代金を払う。

もちろん、ロッカーに何が入っているのか分らない。重要な手掛りになるような物が入っているかもしれないし、単にあの〈Kビデオ〉の誰かの私物かもしれない。

しかし、少なくとも宗方が死んでしまった今、そのロッカーの中のものに、ドラッグのルートなどの手掛りが見付けられる可能性が残されている。

ケータイにメールが来た。

〈今、家を出たよ！〉

有里の目の輝きが目に見えるようだ。

村上は思わず微笑んだ。


何をしてるんだ……。

その男は、のんびりコーヒーなど飲んでいる村上刑事を苛々《いらいら》と眺めていた。

――あのコインロッカーだということは聞かされていた。

だが、何番のロッカーか分らないし、鍵も持っていない。

あの刑事がロッカーを開けたら、そのときに、素早くやっつけよう。

あれを奪われてなるものか。

あいつを首尾よく手に入れたらお前を幹部にしてやる。

そう約束してくれたんだ！

ロッカーの鍵はひと足違いで、村上という刑事に見付けられてしまった。しかし、ここで見張っていれば必ず……。

早くしろ！　コーヒーなんか飲んで、何をのんびりしてるんだ！

男はポケットの中でナイフを握りしめて、唇をなめた。

16　黒いバッグ

「二十五分！」

息を弾ませながら、有里はコーヒーショップから出て来た村上刑事の前で足を止めた。

村上としても笑うしかない。

「いや、若いってのはいいことだね」

「そんな年寄じみたこと言ってないで！　早くロッカーを開けようよ」

と、有里はせかした。

「分った分った」

と、村上は上着のポケットからコインロッカーの鍵《かぎ》を取り出して、「――そっちの、少し大きめの方のロッカーだ」

「何が入ってるのかな」

「さあね。しかし、ああして花びんの中に隠してたってことは……」

「うん、きっと何か大事なものだよ」

有里が肯《うなず》いて言った。「私、開けてあげようか?」

「だめだよ。──開けるから、君は少し向うへ行ってて」

「どうして?」

「大丈夫だとは思うよ。しかし、何が入ってるか、見当がつかないんだ。もちろん、扉を開けたら爆発するってことはないだろうけど、一応、どんな危険があるか分らない。君にけがでもさせたら、僕は二度とお宅に伺えなくなるよ。だから──」

「はいはい」

有里は苦笑して、「じゃ、一メートルだけ離れてあげる」

「だめだ。もっと」

「じゃ……三メートル。五メートル。もういいでしょ?」

「じゃ、そこにいるんだよ」

と、村上は言って、少し身をかがめると、鍵を鍵穴に差し込んで回した。

扉を手で引くと、中には──黒い布のバッグが入っていた。

ともかく爆発はしなかった。

村上はそのバッグをつかんで取り出した。丈夫な布地でできた、大きな袋だ。持ち手のベルトは手で持つところが革になっている。

持ち上げると、かなりの重さだ。

「村上さん」

「そこにいて。中を確かめる」

バッグを床に置いて、ファスナーをシュッと開けると、中を覗《のぞ》き込んだ。

いい、その男はサングラスをかけ、手をポケットに入れて待っていた。

あれだ。――刑事が膝《ひざ》を折って、バッグの中を探ろうとする。

男は駆け出した。

有里はその男に背を向けて立っていたので、男が脇を駆け抜けていくまで気付かなかった。

男は村上を横から突き飛ばした。村上が転倒する。

「村上さん！」

と、有里は叫んだ。

男がバッグをつかんで持ち去ろうとした。しかし、一方のベルトだけをつかんでいた。

村上は、転びながらもう一つのベルトをつかんでいたのだ。

「待て！」

村上が飛び起きると、男につかみかかる。

「畜生！　放せ！」

男のサングラスが落ちた。村上は一瞬その男の顔に見入った。

「お前――あのコンビニの店員だな！」

宮里が撮影していたアパート――燃えてしまった〈明風荘〉の近くのコンビニのレジに立っていた男だと見分けた。

顔を見られて、男は焦った。ポケットを探って、ナイフをつかむと、わけも分らず振り回そうと――。

村上が、そのとき男の胸ぐらをつかんで、引き寄せた。男のナイフが、村上の腹に刺さった。

数秒間の出来事に、有里は立ちすくんでいたが、村上がよろけて尻《しり》もちをつくのを見た。

「村上さん！」

駆け寄って、有里は村上が左手で押えた腹部から血が溢《あふ》れ出てくるのを見た。

しかし、村上は右手でバッグの一方のベルトをつかんで離さなかった。

「よこせ！　これがいるんだ！」

男が喚《わめ》いた。しかし、血で汚れたナイフを目にすると、

「何だよ！　どうなってんだ！」

と叫んで、バッグを置いて逃げ出した。

「村上さん！　血が――」

「有里君、危いぞ！　離れてろ！　刺されるぞ！」

と、村上が有里を押しやろうとする。

「だめ！　そんなこと——。救急車呼ぶから！」

落ちつけ！　私は天本有里。天本幸代の孫なのよ。

取り乱すな！

有里はケータイで救急車を呼んだ。そこへ、

「大丈夫？」

と、駆けて来た女性がいる。

「すみません！　傷口を押えるもの——タオルとかありませんか」

と、有里は言った。

「私、看護師だから。任せて。あなたは駅員を呼んで、医者を」

しっかりした言葉に、有里は肯いて、

「分りました！」

と言って立ち上った。

誰かが呼んでくれたのか、駅員が駆けつけて来た。

「この人、刑事なんです！　刺されてます！」

「じゃ——そこの交番に知らせてくる」

「お願いします！」

「有里君」

と、村上が言った。「バッグを。そのバッグを持っててくれ」

「うん、分った。ごめんね、私が待ってろって言ったから――」

「そんなことはない。そのバッグ、たぶん中身は薬物だ」

「分った。私がしっかり持ってる」

「あいつは……コンビニのレジの男だ。あの制作会社の場所を訊《き》きに行った……」

「すぐ救急車が来るから。動かないで。じっとして……」

有里は涙が溢れて来た。「村上さん！　死なないでね！」

「大丈夫だ。死ぬもんか……」

と、村上は肯いて見せた。「また……お母さんに叱られるな……」


エレベーターの扉が開いて、幸代と文乃が降りて来た。

廊下の長椅子にかけていた有里は立ち上って、でも手を振るわけにもいかなかった。

二人は足早にやって来ると、

「どうなの？」

と、幸代が言った。

「今、手術が……」

と、有里が言いかけて、涙を呑《の》み込んだ。

「そんなにひどいの？」

と、文乃が意外そうに、「電話じゃ、そう大した傷でもないみたいで……」

「そう思ってたんだけど」

と、有里は言った。「救急車の中じゃ、冗談言ったりしてたんだよ」

「でも、精一杯やって下さってるわよ」

と、幸代が言った。

救急車がやって来る前に、有里は幸代へ電話して、K大病院の内山医師に連絡してもらったのだった。

救急車が病院に着いたときには、受け入れ態勢が整っていて、村上は即座に手術室へ運ばれて行った。有里は少しホッとして、持って来た黒いバッグを、村上の同僚に取りに来てもらった。

「犯人の身許《みもと》は分ったの?」

と、幸代が訊いた。

「さっき連絡があった。コンビニの店員だった田辺《たなべ》って男だって。あのアパートの近くだったんで、〈Kビデオ〉とつながりができてたんじゃないかって……」

「村上さんから、バッグを奪おうとしたとか……」

「うん。村上さん、刺されても手を離さなかった。私、立って見てるだけだった……」

「当り前よ」

と、文乃が言った。「あんただってけがしてたかもしれない」

「それもあるし、ナイフが内臓を傷つけてるかもしれないって。——内山先生が、『手は尽くすから』って、深刻な顔で言ってた」

「出血がひどいの？」

「でも……村上さん……」

そう言うだけで、有里は胸が一杯になってしまった。

「悪いことばかり考えないの」

と、幸代は有里の肩を抱いて、「私の絵のファンはね、生命力が強いの」

「うん……」

有里は涙を拭《ぬぐ》った。

「何も食べてないんでしょ？　文乃、売店でサンドイッチでも買って来て」

「分ったわ」

食欲はなかったが、祖母の気持はよく分った。

再び長椅子にかけると、

「そうだ。救急車が来るまで、たまたま近くに居合せた看護師さんがついていてくれたの。服に血が付いてたりして。——名前、訊こうとしたけど、教えてくれなかった。『いいから行って』って、私を救急車に乗せて」

「そうだったの。——調べて分るかしらね。でも、一応当ってみましょ。分ればちゃんとお礼しないと」

「うん。私もそう思って……」

有里は顔を伏せて、「——私のせいかも」

と言った。

「何が？」

「私が……行くまでコインロッカー開けるの待って、って頼んだから」

「でも、その男——田辺だったかしら？　あなたが行く前から待ってたんでしょ。同じことよ。気持は分るけど、自分を責めないで」

幸代が有里の手をやさしく握った。「そういえば、村上さん、連絡する家《うち》の方はいないのかしら？」

「私、聞いてないけど……。さっき、バッグ取りに来た刑事さんに訊いてみれば良かった」

「今はいいわよ。後でね」

と、幸代が肯いて見せる。

「お祖母《ばあ》ちゃん、私……村上さんのことが好きなの。おかしいかな、私みたいな高校生が」

幸代はちょっと微笑んで、

「おかしくても、好きなものは好きでしょ。でも、今は思い詰めないで。村上さんは私たち一家の大事なお友達。それで充分でしょ」

「うん……」

少し不服ではあったが、今は何も言わないことにした。

文乃が紙袋を手に戻って来た。

「カツサンドしかなかった。カフェオレでいい？」

「うん、後で食べる」

文乃も無理は言わずに、少し離れて腰をおろした。

すると、幸代が、

「あら」

と、エレベーターの方へ目をやって言った。

エレベーターを降りてやって来たのは、矢ノ内香だったのだ。

ちょっと不安そうに左右を見回していたが、幸代が、

「香さん」

と呼ぶと、ホッとした様子で有里たちの方へやって来た。

「どうしたの、香さん？」

「すみません、勝手に。あの――村上さんがけがをされたというお話だったので」

と、香は言った。「お留守番してるつもりだったんですけど、考え出したら心配になって。あの〈Kビデオ〉で、襲われそうになったのを、村上さんが助けて下さって……」

「ああ、そうだったわね」

と、有里が肯いた。

「一人でここまで来たの？　大変だったでしょう」

と、幸代が言った。

「でも、人に訊いて、何とか……。この病院に入ってから迷子になりそうでした」

「じゃ、座って。まだ手術中よ」

「はい。――大丈夫でしょうか、村上さん」

「何とも言えないって」

と、有里が言った。

「まあ……。あんなにやさしくていい方が。――私、家の火事のことで、警察の人に取り調べられたんですけど、凄《すご》く怖くて……。私が家に火をつけたと決めつけて、怒鳴るんです。私、泣き出してしまって……。ですから、村上さんと会って、刑事さんにも、こんなにやさしい人がいるんだって……」

心細げな香が村上に「頼りになる男性」を見ていることは、有里にも分った。

「そうよね……。あんな人、刑事でなくたって、めったにいない」

と、有里は言った。「私も何度も村上さんに心配かけて来たわ。私の方が心配するのは初めてかもしれない……」

「何があったんですか？」

と、香が訊いた。

「そういえば——香さん、あのアパートの近くのコンビニに寄ってたのよね」

「ええ、初めてあのアパートに行ったときにも……」

　そのコンビニのレジの男に、村上は刺されたのだと有里が教えてやると、香はびっくりして、

「憶《おぼ》えてます。——そんなことに手を出してたんですか」

「村上さんも、ちょっと会っただけだけど、さすがに刑事ね。ひと目で気が付いた。——もう手配されてるから、きっと捕まるでしょう。それに、あのバッグの中身を持って行けなかったわけだから、悪い仲間にも守ってもらえないでしょうしね」

「うんとひどい目にあえばいいんだわ！」

　香がいきなり強い口調で言ったので、有里はちょっとびっくりした。

　そして二人は何となく顔を見合せて微笑んだ……。

「有里——」

　と、幸代が有里の腕をつついた。

「内山先生……」

　内山医師が、足早にやって来たのだ。

　有里は体が震え出すのを、何とか抑えて、両手をギュッと痛いほどの勢いで握り合せた。

「内山さん——」

幸代が立ち上って、「お世話になって」

と言った。

「いや、危なかった」

内山は息をついて、「大量に輸血して、大変でしたが、あの刑事さん、心臓がとても丈夫そうですな。危いところは脱しました」

有里は座ったまま、フッと体の力が抜けた。

「ありがとうございました」

と、幸代が言った。「内山さんには何度もお手数かけて」

「天本幸代さんのお役に立てるのなら、苦労とは思いませんよ」

と言って、内山は晴れやかに笑った。

有里は、やっと事態を呑み込んで、安堵《あんど》すると同時に涙が出そうになったが——。

そのとき、香がハンカチで顔を押えて、声を上げて泣き出したのである。

「あ……。大丈夫?」

有里は、香に先を越されてしまったので、何だか今から泣き出すこともできなくなって……。

「もう大丈夫だってことだから。——ね、泣かないで」

と、香の肩を叩《たた》いた。

私の方が年下なのに! どうしてこうなっちゃうの?

有里は結局、中途半端にグスグスとはなをすするだけで、泣いているのか鼻風邪をひいているのか分らなくなってしまった……。

17　春のきざし

二年生になる、ということは、後輩ができるということである。当り前だが。

でも、たった三年間しかない高校生活での二年目なので、当り前だけではすまない色々な変化というものが起るのだ。

ことに、演劇部では、

「先輩！」

なんて一年生に呼ばれると、何だかちょっと照れくさいようで……。

でも、有里はもともと「先輩後輩」という関係にはこだわらない性格だ。

ただ、文化祭などの行事に関しては、二年生が中心になる。合唱やダンスのレッスンも本格的になり、日々、忙しくてほとんどいつも駆け回っている状態。

それでも、入院している村上を見舞うことは忘れなかった……。

「やあ」

ベッドから村上が手を振る。

「ごめんね。なかなか来られなくて」

と、有里は言った。

「毎週のように来てくれてるじゃないか」

と、村上は言った。「学校があるのに、大丈夫なのか？」

「そりゃあ無理してるわよ。でも、いいの。村上さんが元気になるのを見てるのが楽しい」

「母親みたいだな」

と、村上は笑って言った。

「血色良くなったね」

「そうか？　しかし、そろそろ歩くようにしないとな」

「傷の方はもういいの？」

と、有里は訊《き》いた。

「まだ完全にはふさがってないんだ」

と、村上はお腹に手を当てて、「意外と深かったようでね。でも、お腹の脂肪が多めだったんで、少し助かったらしいよ」

「ちゃんと治すんだよ、時間がかかっても」

「ああ。こんなに休んじまうと、仕事に戻れるのか、心配だよ」

「呑気《のんき》なこと言って！　そりゃあ心配したんだからね」

と、有里は村上をにらんだ。

「分ってる。君は命の恩人だよ」

「本当にそう思ってる？」

「もちろんさ」

「それじゃ……」

有里は村上の上に身をかがめて、そっと唇を重ねた。——もちろん、これが初めてじゃなかったが、もうそれほどドキドキしなくなっていた。

いつまでもこの気持が続くものなのかどうか、有里自身も分らなかったが、無理はしないで、自然な流れに任せようと思っていた。

実際、学校でのあれこれが忙しくて、そう一日中村上のことを心配しているわけにいかなかった。

「——薬物の担当から感謝されたよ」

と、村上は言った。「あのバッグの中身は、末端価格で数億円あったそうだ」

「凄《すご》い。じゃ、あの田辺が必死だったのも分るね」

「そうそう。連絡しなかったけど、田辺が出頭して来たそうだよ。逃げてると、却《かえ》って消されると思って怖かったんだろうな」

「そうなんだ。でも——殺されなくて良かったね。組織のことがもっと詳しく分るかもしれない」

「うん、担当が張り切ってたよ」

と、村上は言ってから、「君には、ずいぶん危い真似をさせちまったね。もう普通の高校生に戻ってくれ」

「無理だよ」

と、有里は即座に言った。「あったことをなかったことにはできない。でも、もちろん、わざわざ危険なことに係《かかわ》らないよ」

「そう願うよ。君に何かあったら——」

「お母さんに怒られる？」

「いや、責任を感じるから。分るだろ？」

「まあね」

「だけど……」

と、村上は天井へ目をやって、「物騒なことをしてるときの君は、本当に活《い》き活きしてたな」

「お母さんが聞いたら怒るよ、また」

と、有里は笑って言った。

「あの……」

と、おずおずと声をかけて来た人を振り返って見て、有里は、

「あ、マナさんの……」

「どうも、その節は」

吉川マナの祖父だった。

「どうですか、マナさん？」

吉川が振り向いた先に、松葉杖《まつばづえ》を突いたマナの姿があった。

「歩けるようになったんだ！　良かったですね」

と、有里は言った。

ほぼ一か月も意識が戻らなかったマナだが、ある日突然、そばについていた祖父へ、

「お腹空《す》いた……」

と言って、仰天させたのだった。

しかし、右半身には麻痺《まひ》が残り、後は根気よくリハビリを続けるしかないということだった。松葉杖を使って歩けるのは大変な進歩なのである。

少し言葉も不自由だが、

「ありがとう……ございました……」

と、有里にゆっくりと言った。

「マナ君をこんな目にあわせた奴を必ず見付け出してやるからね」

と、村上は言った。「田辺から〈Kビデオ〉の人間を辿《たど》って行けるだろう。そのとき

は、力を貸してくれるね」

マナは黙ったままだが、しっかりと肯《うなず》いた。

「もう田舎の家も処分して、ずっとマナのそばにいてやろうと思います」

と、吉川は言って、「刑事さんも、どうぞお大事に……」

祖父に伴われて、マナが病室を出て行くのを見送って、

「まだ若いんだもの、きっと元気になるね」

と、有里は言った。

「そう願うね」

と、村上は肯いて、「ビデオのことで、思い出した。あの黒いバッグの入ってたコインロッカーの中にね、他に小さな包みが一つ入っていたんだ」

「中なんか覗《のぞ》かなかったね。何だったの？」

「それが、あの宮里さんの撮ったビデオのディスクだったんだ」

「じゃ、〈Kビデオ〉で作品にするはずだった……」

「そうなんだ。編集前のデータで、それにね、スタッフに交って宗方の姿がチラッと映ってる」

「あのアパートで撮った分？」

「宮里さんに確認してもらった。安田ルイって子の出ているビデオだった。つまりあのアパートに、宗方が来ていたわけだ」

「香さんのバッグに、真田の切断した指を入れたのは、宗方だったのね」

「大方、誰かスタッフのバッグだと思ったんだろうな。これで、真田を殺したのも宗方だと推測できる。真田が裏切ってあのロッカーに薬をかくしたことに気がついたんだろう。〈Kビデオ〉の幹部だった人間が見付かれば、詳しい事情が分るだろう」

村上は息をつくと、「――早く仕事に戻りたいよ」

と、今にもベッドから飛び出しそうな様子だった……。


「ただいま！」

有里は居間へ入って、いつもながら元気よく声を出したが――。

ソファにかけて、手紙らしいものを読んでいる幸代と、そばで立って、腕組みしている文乃、二人とも返事もせずにいるので、

「どうかしたの？」

と、鞄《かばん》を置いて訊いた。

幸代が手紙をテーブルに置いて、

「香さんがね……」

と言った。

「どうしたの、香さん？」

「出てったのよ」

と言ったのは文乃だった。

「そう……。ずいぶん長くいるから、って気にしてたものね」

と、有里は言った。

香が気がねしていたことは分っていた。しかし、幸代は黙って手紙を有里の方へと差し出した。有里は受け取って読んだ……。

〈天本幸代様
本当に長い間お世話になりました。

ご親切に甘えていてはいけないと思いながら、あんまり居心地がいいので、一日一日と居続けてしまいました。ごめんなさい。

でも、もう皆さんと一緒にはいられません。それは、私の家が焼けて、両親が死んだ、あの夜のことを、思い出したからです。

いつから思い出していたのか、自分でもよく分りません。気が付くと思い出していたという感じなのです。

でも、今ははっきり分っています。私が家に火をつけて、両親を殺したこと。

きっかけは、母が病気でふせることが多くなったことでした。私は中学生になったばかりで、家事をするのに忙しく、勉強は遅れがちでした。父は酔うとよく母に手を上げる人で、母が病気になると私もしばしば殴られたのです。

でも、それだけでなく、酔った父は私を母の代りだと言って、抱くようになったのです。

私は恐ろしさと恥ずかしさで、逆らうこともできず、心を閉ざしてすべてを忘れるようにしていました。

でも、あの夜は、父に乱暴され、母に助けてと訴えると、母は、「それぐらい我慢しなさい」と言ったのです。それから何があったのか、気が付くと、燃える家の前で立っていました。

それまでのこと、すべて胸の奥にしまい込んで、私は途方にくれていたのです。そして思い出したのが宮里先生のことでした。

天本さんたちと短い間でも共に暮せたことは、私の宝です。でも、今、自分が両親を殺したことが分った以上、お宅にはいられません。

天本幸代さんの家に殺人犯が住んでいたなんて、世間に知られたら。

私は、両親を殺した罪を償わなくてはなりません。どうすればいいのか、心は決りませんが、一日でもここにはいられません。

どこかで死ぬか、もし死ぬ勇気がなかったら、どこかの小さな町で生きているかもしれません。

ともかく、ご迷惑をかけることはありませんので、安心して下さい。

文乃さん、有里さんにお伝え下さい。ひととき、家族のようでいられて幸せでしたと。

お元気で。

香〉

有里は手紙を下ろすと、

「どこに行ったんだろうね」

と言った。

「モデル料を渡してたから、少しはお金を持っていたわ」

と、幸代は言った。「でも、何日も暮せないでしょう」

「捜しようがないわね」

と、文乃が首を振って、「どこへ行ったか、見当もつかない」

「どうするの?」

と、有里は言った。

幸代は微笑んで、

「自分で決めて出て行ったんだから、止めるわけにはいかないでしょう。それに――そう。きっとあの子は生きて行くわよ。ここで過した日々を憶《おぼ》えている限り、生きて行く。そして、いずれここへ連絡して来るわよ」

幸代の言葉は、自信に満ちていた。有里も納得して、

「――今夜のご飯、何?」

と、文乃へ訊いた。

「それじゃ、ルイ、そのビデオはどこにも出ないのね?」

退院を間近にして、もう起きていられるようになった古沢美沙は、声を弾ませた。

「うん」

と、安田ルイは肯いて、「宮里さんから、撮影したデータを廃棄したって連絡があった」

「良かったじゃない！」

美沙はホッと息をついて、「私――ずっと申し訳なくて。ルイが栗田先生とお付合するのに、あのビデオのことが気になってるだろうって分ってたから」

「美沙は、早く元気になることだけ考えればいいんだよ」

と、ルイは言った。

病院の休憩所で、二人は明るい日射しを浴びていた。

「私、働けるようになったら、ルイに楽させてあげるって決めてたの」

「そんなこと言って！　まだ手術した後の検査もあるんだよ。ゆっくり体を休めて」

「ルイ……。あんたって、どうしてそんなにいい子なの？　私、ちょっとむかついちゃうよ」

と、美沙は言って笑った。

「そんなことないよ。ただ、人に嫌われるのが怖いだけ」

と、ルイが言って、「あ、メールだ」

「栗田先生？　もしかして」

「うん。今夜食事することになってるの」

「いいじゃない！　安心して甘えておいで」

「でもね」

と、ルイは立ち上って、「もう行かなきゃ。バイトの時間だ」

「ね、デートの様子、後で知らせてよ！」

と、美沙がルイの手を握る。

「うん。それじゃ、また来るね」

と行きかけて、ルイは、「私、今夜食事のときに、栗田先生にビデオに出たこと、話そうと思ってる」

「え？　どうして？」

と美沙が目を丸くした。

「だって、どこでどう話が出るか分らないじゃない。後ろめたい気持でいるの、いやだもの」

「だけど――」

「もう会いたくないって言われたら、それでいい。私、まだ十九だし、どう見たって、お医者さんの奥様って柄じゃないしね」

ルイはそう言って、「じゃ、またね」

と、手を振って、足早にエレベーターへと向った。

美沙は思わず、

「ルイの馬鹿！」

と言って、

「何か？」

そばを通りかかった看護師さんにジロッとにらまれてしまった……。

エピローグ

日射しはほとんど初夏のようだった。

ゴールデンウィーク初日の町は、若者たちがアマゾン顔負けの大河となって動いていた。

その中を縫うようにして、車からビルの通用口へと向う一団があった。

「——何度も引張り出して、すみません」

通用口で待っていた寺山監督が恐縮して言った。

「いいえ。気持のいい日だわ」

と、沢柳布子は爽《さわ》やかな水色のスーツで、日射しのまぶしさに目を細めた。

「どうぞ中へ」

狭い廊下を抜けると、映画館の事務室に出る。

「おはようございます！」

社員たちが一斉にスターを出迎える。

「ご苦労さま」

と微笑んで、「お客は入ってる？」

と訊《き》いた。

「立ち見はないので。席は完売です」

と、寺山が言った。

プレミアが話題になって、沢柳布子の主演作〈影の円舞曲〉は配給会社の「目玉作品」になり、ゴールデンウィーク初日の一般公開に決ったのである。

今日は初日の舞台挨拶《あいさつ》。沢柳布子は、今や若者にも人気で、ネットでの「大スター」になっていた。

控室に入ると、内山医師が看護師を連れて待っていた。

「沢柳さん――」

と、内山が言いかけると、

「はいはい、血圧ね」

慣れたものだ。そして、

「やや高めですが、健康ですよ」

と、内山が肯《うなず》いて言った。「でも、あまり興奮しないで下さいね」

「舞台挨拶も一回だけですから」

と、寺山が言った。

「まあ、爽やかですね、今日は」

控室に天本一家が入って来て、幸代が言った。「十歳は若く見えますよ」

「年寄はね、若作りすると却《かえ》って老けて見えるの」

と、布子は言った。「本当に若い人には、どうでもいいことね」

そして、布子は有里の肩を抱いて、

「色々聞いてるけど、あんまりお母さんに心配かけないのよ」

「お母さんが何を……」

と、有里は文乃をにらんだが、文乃はわざとそっぽを向いている。

「じゃ、舞台挨拶の手順を」

と、映画会社のスタッフが声をかけて来た。

――有里は、この映画の撮影をしていた日々を、ずいぶん昔のように感じていた。

昔、は少しオーバーかもしれないけど、でも本当に、あれから色んなことがあったから……。

「やあ」

気が付くと、寺山の下で助監督修業をしていた加賀がやって来た。「どうしてる?」

「二年生になって、忙しくて」

と、有里は言った。「彼女はできた?」

「今はそれどころじゃないよ」

と、加賀は笑った。「次の現場につくんだ、来週から」

「頑張って」

有里は、ちょっとお姉さんみたいな気持で言った。——若いっていいなあ……。

「映画、ご覧になりますか?」

と、寺山に訊かれて、

「もちろんよ!」

と、布子は即座に言った。「お金を払って見て下さるお客様が『もとは取った』って思ってくれるかどうか、客席で確かめないとね」

幸代と有里が布子を挟んで座ることになった。文乃は、

「私はどこか端の席でいい」

と、相変らずだ。

エンドクレジットがスクリーンに流れ始めると、場内が拍手で満たされた。

今の映画はエンドクレジットが長いので、その間に、布子たちは席を立ってステージ

の袖に回った。

「面白いものね」

と、布子が言った。「初号試写のとき、プレミアのとき、一般公開のときで、お客に受けるところや反応が少しずつ違うの。役者はそこからも学ぶことがあるわ」

上映後の挨拶に布子が出て行くと、観客が一斉に立ち上って拍手した。

「本日は私の出演した映画をご覧いただいて、ありがとうございました」

布子はそれだけ言って、深々とお辞儀した。

袖から、有里は若者たちで埋めつくされている客席を覗《のぞ》いた。

「――あ、お祖母《ばあ》ちゃん」

と、有里は幸代を手招きした。

「どうしたの？」

「あの三列目……。香さんじゃない？」

幸代はちょっと目を見開いて、

「まあ、本当だわ」

香はスッキリしたワンピースで、真直ぐ正面を見て立っていた。

「生きてて良かった」

と、有里は言った。

「しっかり生活しているようね。声をかけずにいましょう」

と、幸代は言った。

布子が袖に戻って来て、ちょっと涙ぐんでいたが、ハンカチを目に当てると、

「これで、あの映画は独り立ちしたわね」

と言った。「私も次の旅に出なきゃ」

「お付合しますよ」

と、幸代が布子の腕を取った。

「じゃあ、ともかく何か食べましょう」

「食事の後は病院へ戻って下さいね」

と、内山が言った。

「心配なら、内山先生も付合って」

「そうですな。沢柳さんの体にいいかどうか、ワインは私が試飲しましょう」

と、内山は言った。

「――有里は？」

と、幸代が訊く。

「私、歌のレッスンがあるの」

有里はそう言って、一人最後に袖から映画館のロビーへ出た。

観客が次々に出て来て、にぎやかにおしゃべりしながら表へ出て行く。

有里はその流れの中に入って行った。

大勢の中の一人。――でも私は私だ。
少し足取りを速めて、有里は人々の間を目指す方向へと進んで行った。

解説

門賀《もんが》美央子《みおこ》（文筆家）

「春風にめざめて」と副題がつけられた「三世代探偵団」シリーズ四作目がいよいよ文庫化された。待ち構えていた読者も多いのではないだろうか。

遠い遠い昔、初めて手に取った赤川《あかがわ》作品が角川文庫版『三毛猫ホームズの推理』だったからか、私にとって赤川作品は文庫で読むものと相場が決まっている。多くはないおこづかいでやりくりしなければならなかった中高生時代、ユーモアたっぷりだけれどもどこかほろ苦さもある著者のミステリー・ワールドにたった数百円でひたれるのは最高の幸せだった。

それから数十年経ち、いい大人になった今では単行本も買うにためらいはないが、それでもやはり赤川作品は文庫で読みたい。電車での移動中や病院での診察待ちなど、日常に生まれるちょっとした隙間をたちまち心躍るワクワクとドキドキの時間にしてくれる。それが〝赤川文庫〟の醍醐味《だいごみ》なのだと勝手に決め込んでいる。

そんな〝愛すべき一冊〟が数多《あまた》ある中、本シリーズは一作目『三世代探偵団　次の扉に棲《す》む死神』の上梓《じょうし》が二〇一七年なので、赤川ワールドでは比較的新参者といえるだろ思う。だが、いずれの旧作シリーズに負けず劣らずの存在感をすでに発揮しているように思う。

タイトル通り、事件に挑むのは祖母、母、娘の三世代。とはいえ、別に三人揃《そろ》ってプロの探偵をしているわけではない。なぜか身近で殺人をはじめとする物騒な出来事が頻発してしまう、典型的な巻き込まれ型素人探偵だ。

そして、三世代探偵団といいながらも、事件解決に直接乗り出すのはだいたい高校生の天本有里《あまもとゆり》だけ。有里の母で平凡な主婦の文乃《ふみの》は無謀な娘が心配でならず、事件とは無関係でいたいと願っているし、天才画家として世に名を知られる祖母・幸代《さちよ》は孫の意志を尊重しつつ的確なサポートをすることで間接的な探偵役を果たす。三位一体の探偵だ。

さて、解説に目を通してから購読を決めるタイプの読者に向け、まずはざっと冒頭部分のあらすじだけ紹介しておきたい。

二作目「枯れた花のワルツ」で、ちょっとした経緯から往年の大スターが主演する映画に関わることになった三世代探偵団だったが、本作はその映画が完成したところから物語が始まる。撮影中に発生した事件を解決したご褒美なのか、主演女優とともにレッドカーペットを歩くという破格の特別待遇でプレミア上映会に参加することになったのだ。

ところが、到着した会場でさっそくトラブルが発生する。レッドカーペットを取り囲む見物客が押し合い圧《へ》し合いとなった末に、一人の少女が倒れ込んでしまったのだ。念の為病院に運ばれた少女──矢《や》ノ内香《うちかおり》は、怪我こそなかったものの、騒ぎのどさくさで所持していたバッグを失くしてしまったという。しかも、なにやら訳アリの様子。おせっかいの虫がうずいた有里は、入院中の香に代わって失せ物捜しを引き受けた。そして、バディである刑事の村上《むらかみ》を引き連れて昨日の会場に入り、首尾よくバッグを発見する。だが、その中から切断された人の指が転げ落ちてきたことで一気に犯罪の気配が立ち込め、有里の〝探偵物語〟が四度目の始まりを告げるのだ。

プチ猟奇な出来事でスタートを切る今回の事件は、香と、香が頼りに思っていた元教師の宮里《みやざと》の身辺に起こるトラブルを中心に進んでいくのだが、背景として有里たちのような明るい場所で咲いている女性には無縁の世界が描かれている。貧困や無知ゆえに、社会のグレーゾーンからダークゾーンの間で生きていかなくてはならない女性たちの世界が。

赤川作品ではしばしば裏社会の住人が描かれるが、本シリーズは探偵役がお天道様の下を堂々と歩んできたタイプの人たちであるからこそ、そうでない、あるいはそうはできない人たちとの対比が鮮やかだ。思えば第一作からしてすでに殺し屋の女性が登場していたが、本作でも数人、幸せとはいえない境遇の女性たちが登場する。理由はそれぞれだが、ほんのわずかな足がかりさえあれば普通の生活にたどり着けそうなのに、過酷な運命がそれを妨げているのだ。

そんな彼女たちにとって、天本一家は救いの手を差し伸べる女神のような存在、といってよいかもしれない。

少し話が飛ぶようだが、神話の世界にはしばしば三人で一体を成す女神が登場する。

我が国では宗像三女神《むなかたさんじょしん》、ギリシャ神話では人の運命を紡ぐモイライ、北欧神話ではノルンなど、挙げていけばきりがないほどだ。その多くは三姉妹と見なされているが、原型となる三女神の概念は、処女─母─老婆の組み合わせとされていたそうだ。それは同時に破壊─維持─創造も象徴するのだが、この図式、なにやら天本家にそのまま当てはまりそうではないか。

ハイティーンならではの無鉄砲な好奇心で突っ走る有里は、トリックスターめいた行動力で現状を打破する破壊神めいた顔を持つっし（破壊は創造の源でもある）、娘の安全と家庭安泰に腐心する文乃は、神話では割に合わない役回りにされがちな母神そのもの、七十歳を超えながら一家を支える幸代は知恵と豊穣《ほうじょう》の大地母神さながらだ。主役たちの造形自体が神話的といってよいだろう。

だから、彼女たちがたった一年足らずで四度も大事件に巻き込まれても、市井の一高校生が刑事を従えて事件解決に臨んでもおかしくない。さほど冴《さ》えた感じでもない中年刑事がなぜか女子高校生にモテモテでもおかしくない……かもしれない（いや、やっぱりここだけは〝神話的〟なのではなく〝男性にとってのファンタジー〟なのかな）。

とにかく、有里はこんな風にのたまっている。

母、文乃にうるさく言われるまでもなく、有里だって、好きで危いことに首を突っ込んでいるわけじゃない。

「——私のせいじゃないわ。そうよ」

たまたま、そういう出来事に出合ってしまうのは、運命というものだろう。

「大丈夫！　私は死なない！　天本幸代の孫だもの！」

そう、有里は三女神の一人である限り絶対無敵である。

自信の根拠となっている幸代は言うまでもなく無敵である。

毎回地味……というか、ネガティブ・パート担当を余儀なくされている文乃だって、決めなきゃいけない時はばっちり決める。母と娘の派手な活躍を底で支える彼女は誰よりもすごい。女たちがそれぞれの役割をそれぞれのやり方で果たしていく姿に、シスターフッドの理想形を見る思いがする。まあ、彼女たちは姉妹ではなく親子だが。

そんな三人には、これからも何をやってもうまくいかない人、生きづらさにうつむくだけの人たちの運命を鮮やかに変えていってほしい。現実世界の雲行きが芳しくない今だからこそ、女神たちの痛快な活躍を見ていたいのだ。

我らが三世代探偵団、期待しています。

がんばって！

本書は、二〇二二年八月に小社より刊行された単行本を文庫化したものです。

三《さん》世《せ》代《だい》探《たん》偵《てい》団《だん》
春風《はるかぜ》にめざめて
赤川《あかがわ》次郎《じろう》

令和6年 9月25日 初版発行

発行者●山下直久

発行●株式会社KADOKAWA
〒102-8177 東京都千代田区富士見2-13-3
電話 0570-002-301(ナビダイヤル)

角川文庫 24313

印刷所●株式会社暁印刷
製本所●本間製本株式会社

表紙画●和田三造

●お問い合わせ
https://www.kadokawa.co.jp/ (「お問い合わせ」へお進みください)
※内容によっては、お答えできない場合があります。
※サポートは日本国内のみとさせていただきます。
※Japanese text only

ISBN 978-4-04-115023-8 C0193

◇◇◇

角川文庫発刊に際して

角川源義

第二次世界大戦の敗北は、軍事力の敗北であった以上に、私たちの若い文化力の敗退であった。私たちの文化が戦争に対して如何に無力であり、単なるあだ花に過ぎなかったかを、私たちは身を以て体験し痛感した。西洋近代文化の摂取にとって、明治以後八十年の歳月は決して短かすぎたとは言えない。にもかかわらず、近代文化の伝統を確立し、自由な批判と柔軟な良識に富む文化層として自らを形成することに私たちは失敗して来た。そしてこれは、各層への文化の普及滲透を任務とする出版人の責任でもあった。

一九四五年以来、私たちは再び振出しに戻り、第一歩から踏み出すことを余儀なくされた。これは大きな不幸ではあるが、反面、これまでの混沌・未熟・歪曲の中にあった我が国の文化に秩序と確たる基礎を齎らすためには絶好の機会でもある。角川書店は、このような祖国の文化的危機にあたり、微力をも顧みず再建の礎石たるべき抱負と決意とをもって出発したが、ここに創立以来の念願を果すべく角川文庫を発刊する。これまで刊行されたあらゆる全集叢書文庫類の長所と短所とを検討し、古今東西の不朽の典籍を、良心的編集のもとに、廉価に、そして書架にふさわしい美本として、多くのひとびとに提供しようとする。しかし私たちは徒らに百科全書的な知識のジレッタントを作ることを目的とせず、あくまで祖国の文化に秩序と再建への道を示し、この文庫を角川書店の栄ある事業として、今後永久に継続発展せしめ、学芸と教養との殿堂として大成せんことを期したい。多くの読書子の愛情ある忠言と支持とによって、この希望と抱負とを完遂せしめられんことを願う。

一九四九年五月三日

角川文庫ベストセラー

天使と悪魔⑤
天使のごとく軽やかに
赤川次郎

落ちこぼれ天使のマリと、地獄から叩き出された悪魔のポチ。二人の目の前で、若いカップルが心中した！　直前にひょんなことから遺書を預かったマリ。父親に届けようとしたが、TVリポーターに騙し取られ。

天使と悪魔⑥
天使に涙とほほえみを
赤川次郎

天国から地上へ「研修」に来ている落ちこぼれ天使のマリと、地獄から追い出された悪魔・黒犬のポチ。奇妙なコンビが遭遇したのは、「動物たちが自殺する」という不思議な事件だった。

天使と悪魔⑦
悪魔のささやき、天使の寝言
赤川次郎

人間の世界で研修中の天使・マリと、地獄から成績不良で追い出された悪魔・ポチが流れ着いた町では、奇怪な事件が続発していた。マリはその背後にある邪悪な影に気がつくのだが……。

天使と悪魔⑧
天使にかける橋
赤川次郎

研修中の天使マリと、地獄から叩き出された悪魔ポチ。今度のアルバイトは、須崎照代と名乗る女性の娘として、彼女の父親の結婚パーティに出席すること。実入りのいい仕事と二つ返事で引き受けたが……。

天使と悪魔⑨
ヴィーナスは天使にあらず
赤川次郎

美術館を訪れたマリとポチ。そこで出会った1人の画家に、マリはヴィーナスを題材にした絵のモデルを頼まれる。引き受けるマリだが、彼には何か複雑な事情があるようで……？　国民的人気シリーズ第9弾！

角川文庫ベストセラー

鼠、滝に打たれる　赤川次郎

「縁談があったの」鼠小僧次郎吉の妹、小袖がもたらした報せは、微妙な関係にある女医・千草と、さる大名の子息との縁談で……恋、謎、剣劇――。胸躍る物語の千両箱が今開く！

鼠、地獄を巡る　赤川次郎

昼は甘酒売り、夜は天下の大泥棒という2つの顔を持つ鼠小僧・次郎吉。妹の小袖と羽を伸ばしにやってきたはずの温泉で、人気の歌舞伎役者や凄腕のスリに出会った夜、女湯で侍が殺される事件が起きて……。

鼠、嘘つきは役人の始まり　赤川次郎

江戸一番の人気者は、大泥棒〈鼠〉か、はたまた与力〈鬼万〉か。巷で話題、奉行所の人気与力、〈鬼の万治郎〉。しかしその正体は、盗人よりもなお悪い!? 謎と活劇に胸躍る「鼠」シリーズ第10弾。

鼠、恋路の闇を照らす　赤川次郎

恋する男女の駆け込み寺は、江戸を騒がす大泥棒だった!? 昼は遊び人の次郎吉、夜は義賊の〝鼠〟。懸命に生きる町人の幸せを守るため、今宵も江戸を駆け巡る。活劇と人情に胸震わす、シリーズ第11弾。

鼠、十手を預かる　赤川次郎

気ままな甘酒屋から目明しに転身!? うっかり十手を預かったばかりに、迷子捜しに夫婦喧嘩の仲裁と、慣れないお役目に大忙し。大泥棒の鼠小僧・次郎吉が今宵も江戸を駆け巡る。人気シリーズ、第12弾！

角川文庫ベストセラー

赤川次郎ベストセレクション①
セーラー服と機関銃
赤川次郎

父を殺されたばかりの可愛い女子高生星泉は、組員四人のおんぼろやくざ目高組の組長を襲名するはめになった。襲名早々、組の事務所に機関銃が撃ちこまれ、早くも波乱万丈の幕開けが――。

赤川次郎ベストセレクション②
セーラー服と機関銃・その後――卒業――
赤川次郎

星泉十八歳。父の死をきっかけに〈目高組〉の組長になるはめになり、大暴れ。あれから一年。少しは女らしくなった泉に、また大騒動が！　待望の青春ラブ・サスペンス。

赤川次郎ベストセレクション③
悪妻に捧げるレクイエム
赤川次郎

女房の殺し方教えます！　ひとつのペンネームで小説を共同執筆する四人の男たち。彼らが選んだ新作のテーマが妻を殺す方法。夢と現実がごっちゃになって……新感覚ミステリの傑作。

赤川次郎ベストセレクション④
晴れ、ときどき殺人
赤川次郎

嘘の証言をして無実の人を死に追いやった。だが、ごく身近な人の中に真犯人を見つけた！　北里財閥の当主浪子は、十九歳の一人娘、加奈子に衝撃的な手紙を残し急死。恐怖の殺人劇の幕開き！

赤川次郎ベストセレクション⑤
プロメテウスの乙女
赤川次郎

近未来、急速に軍国主義化する日本。少女だけで構成される武装組織『プロメテウス』は猛威をふるっていた。戒厳令下、反対勢力から、体内に爆弾を埋めた3人の女性テロリストが首相の許に放たれた……。